クロスロード

鎌田敏夫

角川文庫　11843

目次

第一章　一年目の橋

1

にこやかに微笑《ほほえ》んでいる弥生の写真が、祭壇の中央に飾られている。

その写真には見覚えがあった。能登《のと》の七尾《ななお》に、みんなで遊びにいったときの写真だ。岩場に立った弥生が、嬉《うれ》しそうに笑っている。

顔の部分だけが大きく引き伸ばされて、バックは青空だけになっていた。誰が選んだのだろう。弥生の一番いい顔だ。弥生は、美人という顔立ちではなかったが、笑うと、心のやさしさが表に出て、人を和《なご》ませる魅力があった。

焼香の列に並んだとき、前にいた押川真弓の肩が震えているのが分かった。手を合わせた後で、改めて笑顔の写真を見て、ぼくは、初めて桐沢弥生の死を実感したのだ。

金沢の病院に半年ほど入院をしていたというから、急な死ではなかったのだが、何も知らされていなかったものにとっては、突然の死だった。高校を出て、六年。クラスメートが病気で死ぬなんて、想像したこともなかった。

弥生は、地元の短大を出て、保母さんになった。それ以上考えられないほど、似合った進路だった。みんなと話しているときでも、弥生は、楽しいことが待ち受けているかのように、話がはじまる前からニコニコとしていた。人生には楽しいことしかない。弥生と一緒にいると、誰もが、そんな気にさせられたのだ。

弥生の笑顔は、悲劇から一番遠いもののはずだった。

爽《さわ》やかな夏の日だった。

風が乾いていて、気温もそれほど高くならなかった。

弥生の家を出て、ぼくたちは、ひと塊になって歩いていった。どこに行こうとしていたのでもない。クラスメートの早い死を、どう受けとめていいか分からずに、あてもなく歩いていたのだ。

弥生の家は、小矢部《おやべ》川の土手を下ったところにある。昔の街道だったところで、今でも、狭い道を挟んで、百メートルほど古い家並みがつづいている。

女たちは、喪服か黒いスーツを着ていた。男たちも、服装はまちまちだったが、全員ネクタイを締めていた。喪服もネクタイも、まだ身についていない。葬式の日でなかったら、お互いの姿を話題にして、笑いころげていたに違いなかった。

川口史明が、後ろ向きに歩きながら、八ミリビデオを廻《まわ》している。川口は、葬式に参列したときから、ビデオを廻しつづけていた。

喪服が一番似合っているのが、清水香織だった。黒い着物が白い肌を引き立てて、香織は、群を抜いて大人に見えた。

祖先にロシア人の血が混じっているという噂《うわさ》もあった香織は、大柄で、色が白く、目鼻立ちのはっきりとした美人だった。当時、高岡東高に在籍していたもので、清水香織の存在を知らないものはいなかっただろう。バスケット部だった香織が、体育館のフロアでドリブルを繰り返しているのを、男子生徒のほとんどが、一度は欲望を心に抱いて盗み見をしたはずだ。ユニホームの下で揺れていた乳房は、卒業してからもずっと、男子生徒たちの話題になりつづけていた。

川口にビデオのレンズを向けられて、香織が、両手をひろげて、おどけて見せた。ミス・高岡東といわれた美貌《びぼう》だったが、香織には、少しも気取ったところがなかった。自慰《オナ》行為《ニー》のことまであけすけに話すからと、一部の女子生徒には嫌われていたらしい。

香織の横を、押川真弓が歩いている。紺のスーツを着た真弓は、まだ大学生のように見えていた。

高校のとき、廊下に張り出される試験の成績表で、真弓は、いつもトップだった。二年と三年のときには、生徒会の委員長をしていた。全校生徒に向かって、ハキハキした口調で話をする真弓の姿を、今でもはっきりと覚えている。

色が浅黒く、小柄な真弓は、香織と同じ年には思えなかった。香織は完璧《かんぺき》な女だったが、真弓は、少年のような印象のままだった。

川口のビデオが、その後ろを歩いている藤沢夏絵に向けられている。川口が、今日、一番撮りたいのは、香織でもなく、真弓でもなく、藤沢夏絵であることが、ぼくには分かっていた。

夏絵も喪服を着ている。香織の喪服は、母親からの借り物だったが、夏絵のは自前だった。夏絵は、同級生で唯一の人妻だったのだ。

夏絵は、丸い平凡な顔立ちなのだが、ぷっくりとした唇だけが平凡さを裏切っている。その唇に、川口が、どんなに切ない思いをしてきたか、ぼくだけが知っていることだった。

2

「この世界のどこかに、おれが初めて寝る女がいるはずだ。どんな女だと思う？　女と寝るって、どんな感じなんだろう？」

高校一年の冬だった。ぼくの部屋に来て、ストーブのそばで蜜柑《みかん》を食べながら、川口が真剣な表情で言ったのだ。ストーブのせいではなく、川口の顔は上気していた。

セックスのことは、いつも頭の片隅にあったし、初めての経験をどんな女性とするのか、ぼくも空想したことはあったが、こんな風に真剣な顔で言われると、答えに困った。

それから、一年ほどたった高校二年の秋、川口が、もっと上気した顔をして、ぼくの部屋にやってきたのだ。

「初体験した」

「誰と？」

「藤沢夏絵」

「ほんとか？」

ぼくは、思わず声を大きくしていた。クラスの女生徒と初体験をしたことに驚いたのではない。清水香織なんかは、何人かの男を経験しているという噂もあったし、他のクラスで、ラブホテルに入るところを目撃された女生徒もいた。ぼくが驚いたのは、夏絵が、どちらかというと、決められた人生を脇目《わきめ》もふらずに歩いていく、そんな女生徒に見えていたからだ。

「好きだって言ったんだ」

川口は立ち上がって、部屋の隅にある冷蔵庫からペットボトルを出して、一息に飲んだ。ミネラルウォーターのボトルだったが、中身は、うちの井戸水だった。この辺は、ほとんどの家に井戸がある。『アルプスの水』などといって、天然水を売り出しているメーカーもあるのだが、東京向けに出荷されてるだけで、うちの店でも、あまり売れない。この辺の人が飲んでいるのは、ほとんどが自家製の天然水なのだ。

「それから?」

「『私と寝たい?』って、夏絵が言った」

「いきなりか?」

「いきなりだ」

「そして?」

「彼女の家に行って、セックスをした」

夏絵の家は、高《たか》の宮《みや》通りで履物屋をしている。その日は、商店街の定休日で、両親とも旅行にいっていたのだという。

「本当に、夏絵が、そんなことを言ったのか?」


「口説いたのか?」

「言った」

川口は、またペットボトルから水を飲んだ。

「女の体って、丸くて、柔らかくて、滑らかで、信じられないほど濡《ぬ》れてくるんだ」

唇に水の滴《したた》りをつけたままで、川口が言った。体に残ってる興奮を、どうやって納めていいのか分からない様子だった。

川口が、夏絵とセックスをしたのは、結局、そのとき一度だけだった。二度目からは、夏絵は拒みつづけたのだという。

「あなたとのセックスが、いやだったわけじゃないの」

夏絵は、何度も川口に言ったらしい。

夏絵が、どうして川口とセックスをする気になったのか、どうして二度目は拒んだのか、川口にもぼくにも謎《なぞ》のままだった。

夏絵は、高校を出て、二年ほど地元の信用金庫に勤め、職場結婚をした。クラスメートの中では、一番早い結婚だった。

「おれには信じられないよ。あんな体を、他の男が抱くなんて」

夏絵が結婚した後で、川口は、茨城大学に行っていたぼくを訪ねてきて、朝まで呑《の》んでくれていた。

夏絵の喪服の下には、川口が言ったように、丸くて、柔らかくて、滑らかで、信じられないほど濡れてくる肉体があるのだろうか。ぼくは、川口がビデオカメラを向けるたびに思った。クラスメートの葬式の帰りに、そんな想像のできる自分が恥ずかしかった。

夏絵のビデオを、川口は、どんな気持ちで見るのだろう。他の男に抱かれた体に、自分が一度だけ触れた、甘い肉体を重ね合わせるのだろうか。

川口は、今、富山市で中学教師をしている。

3

「どうして言ってやらなかったんだよ」

小矢部川の土手に向かう、ゆるやかな坂道を歩いていたとき、西条彰一が大きな声で言った。誰に言っているのか、一瞬分からなかった。

葬儀に参列している間、西条は怒った顔をしていた。ひょっとすると、西条は、桐沢弥生のことを好きだったのだろうか。あまりに早い死が、西条を憤《おこ》らせているのだろうか。ぼくは、そんなことまで思ったのだ。

「好きだって言ってやればよかったんだよ、弥生に」

西条が、また大きな声で言った。

「そんなこと言えるか」

西条の前を歩いていた竹井昭が、いらだった顔で振り返った。そのときに初めて、西条の不機嫌の原因が、竹井にあることが分かったのだ。

「何があったの？」

ぼくは、横を歩いていた押川真弓に聞いた。

「弥生は、高校のときから、竹井くんのことが好きだったのよ」

「だから？」

「見舞いにいって、弥生のことを好きだって言ってやれって、西条くん、竹井くんに言ってたの。そうしたら、弥生は幸福に死んでいけるじゃないかって」

弥生の病気を、地元の人間だけは知っていたらしい。

「竹井くんは嘘《うそ》が言えないタチなんだから、いいかげんにやめればいいのに、西条くん、言い出すとしつっこいじゃない？　嘘でもいいから好きだって言ってやれって、ずっと言っていたの」

「ひとを幸福にする嘘ってのがあるんだよ、竹井」

西条は大人びた口調で言った。

西条が、特に桐沢弥生の幸福を願っていたわけではないことは、もう分かっていた。西条は、自分の思いつきを竹井が実行しなかったことが、不満なだけなのだ。西条は、そんな独善的なところがあって、よく人を怒らせていた。

「おれが好きなのは、桐沢弥生じゃない。清水香織だ」

竹井が言い返した。それから、はっきりした口調で言い足した。

「お前も、そうだろうが、西条」

「やめなさいよ。こんなときに言うことじゃないでしょ」

香織が、きびしい口調で竹井を叱《しか》った。なげやりな喋《しゃべ》り方をする香織にしては、珍しく、きっぱりとした言い方だった。


竹井と西条は、高校のときから、よく言い争いをしていた。物事を正面から見ようとする竹井と、斜めから見たがる西条は、何かにつけて意見が合わなかったのだ。

西条は、高校のとき、万引きや喫煙で問題になったことがある。西条は、わざと教師に見つかるような場所で喫煙をしていたのだ。

「勉強のできる人間は、学校にとって宝なんだよ。停学処分にして、進学率が悪くなるようなことを、先公がするか」

西条は、せせら笑っていた。

その言葉通り、西条は、注意はされたが、それ以上の処分は受けなかった。

西条は、推薦で、栃木の自治医科大学に入った。毎年、二名、県の推薦入学を受けることができる。推薦された人間は、授業料が免除になるのだ。その年、推薦されたもうひとりは、高岡市で一番偏差値の高い高岡高校の生徒だったから、西条は、学校にとって、本当に宝だったのだ。

竹井は、西条ほど成績はよくなかったが、そこそこの大学には行けたはずだ。でも、彼は、進学しなかった。進路指導の教師から、どんなに言われても、受験しようとしなかったし、親の説得も聞かなかった。

竹井が、どうして受験をやめたのか、ぼくには分からない。ひょっとしたら、西条が自治医科大学に推薦が決まったときに、進路を変えたのではないだろうか。そこそこの大学に行って、西条にコンプレックスを抱くよりも、進学をしないことで、西条を批判する道を選んだのではないだろうか。

口では受験戦争を批判しながら、西条は、県の推薦で、さっさと医科大学に進学した。喫煙や万引きにしても、どこで線を引くべきか、ちゃんと心得ていた。西条には、そんな要領のよさがあったのだ。竹井は、あえて要領の悪い生き方を選ぶことで、要領のいい西条を批判しようとしていたのではないだろうか。受験競争の階段を一歩先に昇られてしまった竹井としては、人生を賭《か》けて、西条の生き方を皮肉る以外に、自分らしさを保てる方法はなかったのかもしれない。

竹井は、就職しようともしなかった。東京で、アルバイト的な仕事をしていたかと思うと、金沢のコンビニに勤めたりしていた。何をやっても長続きしないというより、意志的につづけようとしなかったのだ。

でも、そんな批判が、西条に届いただろうか。

西条は、首席に近い成績で自治医科大学を卒業して、富山の市民病院の形成外科に就職をした。弥生の病気のことを聞き込んできたのも、西条だったらしい。

医局長にも気に入られ、西条は、社会の階段を確実に昇りはじめていた。

4

意外なことに、西条は、竹井のことをずっと気にしていたのだ。

「おれは、お前みたいに要領よく生きたくない」

卒業間近に、竹井に言われた言葉が、いつまでも心の奥に残っていたのだと、西条は、後になって告白した。竹井が要領の悪い生き方をすればするほど、おれは、要領のいい生き方をしてやろうと思ったのだと。

人を幸福にする嘘もあるんだ。あのとき、西条が言い張ったのも、嘘をつくという要領のよさを、なんとしてでも竹井に認めさせたかったのだ。

竹井の方も、そうだろう。竹井は、自分の選択に自信があったわけではないと思う。これでいいのかという不安は、いつも、つきまとっていたはずだ。

西条の生き方に対する反発が、竹井に、自分に忠実な生き方をする力を与えたのだ。竹井がいなければ、今の西条はなかったし、西条がいなければ、今の竹井はなかっただろう。対立し、反発しあいながら、二人は、お互いに、相手の生き方を支え合っていた。

二人が、同じ女を好きになったのも、当然のなりゆきだったと思う。まったく違った愛し方で、今度は、ひとりの女を愛そうとしていた。

「竹井と寝たのか？」

西条が、低い声で香織に言った。他の人間には聞こえなかっただろうが、香織のすぐ後ろにいたぼくには、はっきりと聞こえた。

「ふざけないで」

香織が、なげやりな言い方をした。

「何もないのに、あいつが、あんな大胆なことを言うか」

西条が、得意の皮肉っぽい口調で言った。

「妬《や》いてんの？」

香織がからかった。

「まさかね」

「まさか、何よ？」

香織は、西条を問いつめた。

「きみは、自分の美しさを安売りしている」

皮肉屋の西条にしては、珍しくストレートな言い方だった。香織は黙っていた。どんな表情で、それを受けとめたか、ぼくには見えない。喪服に包まれた香織の後ろ姿には、成熟した女の匂《にお》いが漂っていた。

「きみは、人生も安売りしている」

西条がつづけて言った。声は低かったが、その言葉には、あふれるほどの感情がこもっていた。香織が、その感情を、なげやりな言い方で受け流した。

「バーゲンセールをすることになったら、呼んであげるわよ」

西条に目を向けたとき、後ろにいたぼくの視線に気づいたのだろう。香織は笑いながら振り返って、

「前野くんもね」

と、言った。

香織の美しい笑顔を見ながら、ぼくは、西条と同じことを思っていた。きみは美しさを安売りしている。自分がどんなに美しいかを知らないままでいる。ずっと後になって、ぼくは、西条とまったく同じことを香織に言ったのだ。

「きみは人生を安売りしている」

バーゲンセールに呼んであげる。ふざけて言った香織の言葉が、そのときには現実のものになっていた。

5

後ろから口笛が聞こえた。

一番最後を歩いていた児玉知巳が、リズミカルな曲を口笛で吹いている。

「やめろよ、葬式の帰りに口笛なんか吹くの」

西条が怒鳴った。

「追悼してるんだよ、弥生の」

児玉はやめなかった。みんなが何かに熱中しているときに、突然、まったく関係ない突飛な行動をするくせが、児玉にはあった。誰かに咎《とが》められても、なかなかやめようとしなかった。

ぼくも言った。

「やめろよ」

「弥生は、ジャニス・ジョプリンが好きだったんだ」

児玉が吹いていたのは、ジャニス・ジョプリンの『バイ・バイ・ベイビー』だった。

穏やかな笑顔の弥生と破滅的な生き方をしたジャニスが、すぐには結びつかなかった。一度、ジャニスのビデオを見たことがある。高校時代のジャニスが、ずんぐりとした姿は、弥生に通じるものがあった。体型的な親しみから、弥生は、ジャニスが好きになったのだろうか。それとも、弥生の心の奥底に、ジャニスの破滅的な人生に魅《ひ》かれるものが潜んでいたのだろうか。

ジャニスは、早死にをした。弥生は、もっと早く死んだ。

児玉が、口笛を吹きつづけている。香織が、そばに行った。突飛なことをして、周囲から孤立してしまう児玉を、香織は、なぜかいつも庇《かば》っていた。その理由は、よく分からない。児玉がひとりぼっちになると、香織は、いつもそばに行ってやっていた。

児玉は背が低かった。一メートル七十近くある香織と並ぶと、年の離れた弟のように見える。みんなと歩くと、児玉は、いつも一番後ろにいた。

児玉の突飛な行動が、背の低さに対するコンプレックスを隠してしまう意図があることを、ぼくは、ずっと感じていた。

児玉の家は、新湊《しんみなと》市でタクシー会社をしている。昔の漁師町で、今は、コンテナ用の倉庫が並んでいる気性の荒い町だ。

高校に通うために、児玉は、高岡市のマンションに住んでいた。投資のために親が買ったマンションで、ひとりで住むには広すぎる部屋だった。

児玉は、そこから、フランス製の高価なマウンテンバイクで通ってきていた。そのために、何度も教師に注意をされていたが、児玉は、やめようとしなかった。普通の自転車を漕《こ》げないわけではなかったが、ペダルが下にいったときに、一瞬足が離れる。児玉にとって、それがどんなに屈辱的だったか、教師には分かっていなかった。

マンションの一室に、児玉は、BARCOのプロジェクターを据えていた。二百万以上するものを、高校生に買い与える児玉の親の神経が理解できなかったが、児玉のマンションは、ぼくたちにとって素晴らしい映画館だった。

児玉は、ハリウッドに行って、映画の監督になるのだと言っていた。だから、親は高価なプロジェクターを、児玉に買い与えたのだろう。しかし、それが夢に過ぎないことは、ぼくたちにも児玉にも分かっていた。

児玉は、いくつかの大学を受けて、どれも失敗した。結局、金沢の専門学校に入ったが、児玉のハリウッドに行きたいという夢は、ますます膨らんでいった。

「おれは、絶対にハリウッドに行く」

児玉が、本当になりたかったのは、監督ではなく、ハリウッドのスターだったと思う。女に取り巻かれたカッコいい男。その願望が、自分のコンプレックスを増幅していることに、彼自身は気づいていただろうか。

6

橋が見えてきた。

小矢部川にかかる長い木橋を渡って、ぼくたちは、川向こうにある高校に通っていたのだ。

橋を渡って通学していたクラスの人間は、ちょうど十人いた。学校までの距離は、それぞれ違っていたが、橋を渡るのは、ほとんど同じ時間だった。雨の日も、風の日も、雪の日も、その橋で会っているうちに、十人は、他のクラスメートにはない親愛感を持つようになっていた。

橋の真ん中に、誰かが立っている。

「こんなところにいたんだ、伸子」

夏絵が言った。石沢伸子だった。

早く焼香をすませた伸子は、いつのまにか姿が見えなくなっていた。誰にも声をかけずにいなくなるわけはないと思ったが、用があって帰ってしまったのかと思っていた。

白いノースリーブのブラウスが、夏の日差しに鮮やかに映えていた。黒のパンツスーツの下に、ノースリーブのブラウスを着てきていたのだろう。伸子らしい鮮やかな変化だった。

「決まってる」

香織が、遠くから賞賛の声を上げた。伸子は、香織と同じようにスタイルはいい。でも、顔立ちから言うと、香織の方が整っていた。賞賛の声ばかり上げていないで、伸子と同じように、すっきりとしたお洒落《しゃれ》をすれば、どんなにか魅力的に見えるのにと、ぼくは思った。香織の着ているものは、色が派手過ぎたり、体の線を強調しすぎたり、いつも、どこか過剰なところがある。

香織は、自分の魅力がよく分かっていない。ぼくは、そう思っていた。それに比べて、伸子は、自分の魅力をよく知っている。なにげなく見えながら、自分をどう見せたいかを、ちゃんと計算に入れたお洒落をしている。

上着を無造作に握って、伸子は、橋の真ん中に立っていた。その姿に、凜《りん》とした魅力があった。

伸子は、小矢部市で何百年もつづいた菓子屋の娘だった。秘伝の技術は、直系のものにしか教えないという噂があるくらいの、老舗《しにせ》の菓子屋だった。

長女の伸子は、婿養子を貰《もら》って、跡を継がなくてはいけない。伸子は、それを嫌って、東京の名門女子大に入った。

「本当は他の大学に入りたかったのだけど、許してもらえないのは分かっていたから」

入学したときに、伸子は言っていた。名門女子大の名前で、親の虚栄心をくすぐって、反対の声を押さえ込んでしまったのだ。

大学を出た伸子は、外資系の広告代理店に入った。親が一番反対する職場だったが、それを認めさせてしまえば、後は、どんな生き方も出来る。親も自分をあきらめて、弟に跡を継がせようとするだろう。

伸子の生き方は、着ているものと同様、計算されつくしたところがあった。

7

川口が、八ミリビデオを伸子に向けた。

川口を先頭にして、ぼくらは、伸子に向かって近づいていった。自分では意識していなかっただろうが、気がつくと、伸子は、いつも人の中心にいた。

伸子がレンズに気づいて、はにかんだように笑った。

「橋に立つ女。カッコよかったわよ、伸子」

香織がからかうように言った。香織は、美人のわりに鷹揚《おうよう》な性格で、ひとに嫉妬《しっと》することなどめったにない。

「こんなところで、何してるの」

夏絵の言葉の方に嫉妬があった。

「来ると思ってたから、この橋に」

伸子が笑うと、切れ長の目が涼しげに見えた。

伸子に会うのは、大学を出て初めてだった。茨城大学の工学部を出て、ぼくは、大阪の建設会社に勤めた。伸子は、ずっと東京だった。大学の頃には、帰郷したときに何度か顔を合わせていたが、就職をしてからは、会う機会がなかった。

「待っててくれればよかったのに」

夏絵の言葉にトゲがあった。夏絵が、どうしてそんな言い方をするのか分からなかった。

高校の頃には、そんなことはなかったのだ。

「つらかったのよ、弥生の家の前で立っているのが」

「誰だってそうよ」

夏絵が、また突っかかるような言い方をした。

「私、弥生に会ったの、死ぬ少し前に」

伸子が言い訳するように言った。

「お見舞いにいったの？」

真弓が聞いた。伸子は、弥生と仲がよかったわけではない。

「ううん……企画していた広告のポスターに、笑顔のきれいな人の写真が必要になって、弥生のことを思い出したの。家に電話したら、今、いないって言われた。それ以上聞かなかったらよかったのに、どうしても弥生の笑顔の写真が欲しいと思っていたから、家の人に問いつめたのよ。そうしたら、病院にいるって、教えてくれたの」

「弥生は、入院してから、誰にも会いたがらなかったのよ。だから、ほんの少しの人しか知らなかったの」

真弓が説明した。弥生の入院を知っていたのは、真弓と西条と竹井だけだった。

「私、何も知らないで見舞いにいったわ」

仲子が、つらそうな顔になった。

「変わっていたでしょう、弥生？」

「ええ……あなたの笑顔を使わせて欲しいから早く元気になってって、弥生に言った。励ますつもりで……弥生が、死ぬような病気だなんて、思ってもいなかったから」

「喜んでたわよ、弥生も。仲子が見舞いに来てくれたことを」

真弓がとりなすように言ったが、誰も信じていなかった。クラスメートの中で、一番颯《さっ》爽《そう》と生きているのが仲子だった。死を予感していた弥生にとって、一番つらい見舞い客だったかもしれない。

仲子が川を見つめている。彼女が感じているつらさとはまったく関係のない視線を、ぼくは、仲子に向けていた。

シャープにカットされたブラウスから、まっすぐに伸びた引き締まった二の腕。白いブラウスを突き上げている、ほのかなふくらみ。背が高く、細っそりとしていたが、体全体にしなやかな張りがあった。

仲子は、高校のとき、短距離の選手だったのだ。

誰にも言わなかったが、ぼくは、小説を書いたことがある。進学塾のZ会のコンテストに応募して、佳作入選をした。

暑い夏の日、校庭の百メートル・トラックを疾走する女子生徒を、近所の男の子が垣間見る。風を切って走る肉体。汗の吹き出た顔。男の子の目に、女子生徒の姿が焼きついてしまう。幼い少年が初めて感じるエロティシズム。それを書いたのだ。

8

年こそ違えていたが、そのあこがれは、ぼく自身のものだった。

全身から汗を吹いて、太陽の下を疾走する女子生徒。それは、ある夏の日に、校庭のトラックで現実に見た伸子の姿だった。

昔、川口が初体験を告白したときに、ぼくの頭にすぐ思い浮かんだのが、石沢伸子だった。しかし、伸子とセックスするなんて、ぼくには考えられなかった。伸子は、ぼくにとって、遠いあこがれの女だった。

ぼくの視線に気づいたのだろうか。伸子が上着を着た。黒いスーツ姿になった伸子は、いっそう凜として見えた。

風が吹いて、伸子の肩まである髪がなびいた。それは、ぼくの小説の中の描写と同じだった。練習が終わって、放心したような顔を見せる女生徒の髪に、夏の風が柔らかく吹きつける。

ひょっとすると、ぼくは、小説を書くことで、仲子を遠くに追いやってしまったのかもしれない。そう思うことがある。あこがれを文字にしてしまうことで、仲子を、生身の女として見ることをやめてしまったのではないか。

そのとき、断続的な電子音がした。

五百メートルほど下流に、新しい橋がかかってから、この橋には、めったに車も通らなくなっていた。流れる川の音しかしない橋の上で、電子音は、ひときわ鋭く聞こえた。

真弓が、バッグから携帯電話を出した。

「もしもし……」

と、低い声で言いながら、向こうに歩いていく。

ぼくは驚いた。その頃、ぼくたちの間では、誰も携帯電話を持っていなかった。それだけではなく、真弓は、携帯電話なんか一番持ちそうもない人間だったのだ。

真弓は、金沢大学の法学部を出て、大手商社の金沢支店に勤めている。仕事で必要なのだろうと、ぼくたちは、初めて真弓を、学生ではなく社会人として見たのだ。

真弓は、みんなに背を向けて、肩を丸めるようにして話している。

「不倫してるのよ、真弓」

香織が低い声で言った。

その言葉に、もう一度驚いた。不倫という言葉は、携帯電話以上に真弓にふさわしいものではなかったのだ。しかし、真弓の後ろ姿には、どこか秘密の匂いがあった。

香織は、金沢のデパートのインフォメーション室に勤めている。同じ街で仕事をしているから、真弓の噂が聞こえてくることもあるのだろう。それに、香織は噂好きだった。自分が噂に悩まされてきたはずなのに、彼女自身も、人の噂をするのが大好きだったのだ。

電話を切って、真弓が振り返った。

「仕事の連絡なの」

みんなに見つめられて、真弓は恥ずかしそうに言った。みんな、黙って、それを聞いていた。

「暑いから、私、そろそろ行くわ」

夏絵が言った。

「今、来たばかりじゃないか」

川口が不満そうに言った。

「私、妊娠してるの」

「え？」

夏絵の言葉は、あまりに現実的で、誰もがすぐに反応できないでいた。クラスメートに子供が出来る。それは、弥生の死と同じように、唐突なハプニングだった。

「おめでとう」

真っ先に手を差し出したのは、伸子だった。一瞬ためらってから、夏絵がその手を握った。

「ありがとう」

それから、みんながおめでとうを言った。川口が最後に手を握った。川口は複雑な顔をしていたが、夏絵の方は、他の連中と変わらない握手をした。

「じゃ、行く」

夏絵が背を向けて歩き出した。川口は、ビデオのレンズを向けるのも忘れている。

「夏絵」

児玉が声をかけた。夏絵が足をとめて、振り返った。

「一年に一度、ここで会わないか？　弥生が会わせてくれたんだから、一年に一度、この橋で会おうよ」

児玉が、そんなことを言うのは珍しかった。児玉は、ずっと、みんなから一歩離れたようなつき合い方をしていたのだ。

「会おう」川口が、真っ先に賛成した。「来年は、赤ん坊を抱いてこいよ、夏絵」

「そうね」

夏絵が、初めて川口にやさしく笑いかけた。

「そうしよう」ぼくも言った。「来られるものだけでも、来ればいいじゃないか」

ぼくの提案に、反対するものはいなかった。弥生は抜けてしまったが、後の九人にとって、この橋は、特別な橋だったのだ。

こうして、ぼくたちは、一年に一度、同じ夏の日に、同じ橋で会うことになったのだ。

「じゃ、また来年ね」

夏絵が歩き出した。川口が、慌ててビデオを向ける。子供のことを聞いてしまった後なので、夏絵の後ろ姿が、少し重くなったように見えた。

二十四歳の夏、ぼくたちは、死と誕生を同時に経験した。

川口のビデオは、死を告げる弥生の笑顔で始まって、誕生を告げた夏絵の後ろ姿で終わってるはずだ。

第二章　二年目の橋

1

暑い日だった。その夏で、一番暑い日だったかもしれない。

家を出て、橋に向かう途中で、ぼくは何度も思い出し笑いをしていた。

あれから、どうなったのだろう。

その日、ぼくが店番をしていると、若い外人女性が入ってきたのだ。背は高くなく、一見すると日本人のように見えたが、栗色《くりいろ》の繊細な髪、そして、壁のようにそそり立った鼻は、外国人のものだった。

「エクスキューズ・ミー」

彼女は、ぼくに話しかけてきた。最近は、高岡でも、外国人が酒を買いにくるのは珍しくないと、母が言っていたのを思い出していた。

「メイ・アイ・ヘルプ・ユー？」

ぼくの英語は、それで精一杯だった。その女性にペラペラ喋《しゃべ》られたらどうしようと、内心ドキドキしていた。

「トシユキサン、イマスカ?」

彼女が、突然日本語になった。

「ワタシ、ジューン・クリスティ、トイイマス」

「ちょっと待って」

ぼくも日本語にもどって、奥に入っていった。

利幸というのは、四つ離れた兄だった。関西電力に勤めていたのだが、父が腰を痛めたときに、会社を辞めて店を継いだ。酒屋というのは、重いものを運ぶので、男手がないと無理なのだ。祖父の代からやっていて、得意先も多い酒屋なので、父の体がきかないからといって、店を閉めてしまうのはもったいなかった。

兄は、会社を辞めるときに、退職金で海外旅行をした。三カ月あまりブラブラして帰ってきたが、父も母も、家を継いでくれるのだから、そのくらいのことは当然だと思っていた。

突然の訪問客は、そのときの旅行で知り合ったイギリス人女性だった。

「ジューンって人が、訪ねてきてるよ」

奥にいた兄に言うと、

「え？」

と、一瞬困った顔になった。出ていったかと思うと、すぐにもどってきて、

「まずいなあ」

と、ひとり言を言っていた。

すぐに家を出たから、それからどうなったのか、ぼくは知らない。父と母が、兄と何かあったらしい外人女性を紹介されて、どんな顔をしているのか。想像すると、思わず笑いが出てしまうのだ。

しかし、その小さな出来事が、ぼくの人生を大きく変えてしまうとは、そのときには思ってもいなかった。

2

児玉が、綱渡りでもするように、橋の欄干を歩いている。約束の時間には、まだ五分ほどあったので、他には誰も来ていなかった。

「何してるんだよ」

児玉に声をかけた。

「ああ……」

児玉が照れた顔をして、欄干から飛び降りる。

「落ちるぞ」

「慣れてるよ、この橋は」

「みんな、来るのか？」

来られないものは、児玉のところに連絡を入れることにしてあった。

「真弓から連絡があった」

「来られないって？」

「うん」

一年前のこの橋で、背中を向けて電話をしていた真弓の姿を、ぼくは思い出した。どこか秘密の匂《にお》いのした、あの後ろ姿。

「相変わらず映画を見てるのか？」

児玉に言った。大阪に勤めるようになってからは、児玉の私設映画館にも行けなくなっていた。

「新しいプロジェクターが入ったんだ、今度のは凄《すご》いよ。一度見にこいよ」

児玉は、また欄干に上がった。欄干の上から、橋のたもとを指す。

「香織が来たよ」

紅《あか》いワンピースを着てサングラスをかけた香織が、橋を渡ってきていた。

「いい体してる」

欄干の上から香織を見ながら、児玉がひとり言を言った。紅いワンピースに見えていたが、香織の着ていたのは、南国の花が散った派手な柄のワンピースだった。そばに来ると、ムッと熱気が漂ってくるような気がする。

「凄いな」

ぼくは思わず言った。

「何が?」

香織がサングラスを外しながら聞いた。

「日本の女じゃないみたいだ」

「どこの女?」

「リオか、タヒチ」

「ほめてるの、それ?」

「そうだよ」

「ありがと。私、ジャズダンスのインストラクターをやってるの、最近」

香織が体をくねらせてみせた。欄干に座った児玉が、まぶしそうに香織を見ている。

「みんな来るって？」

「真弓以外はね」

児玉が答えた。

「そうか……」

「真弓、どうなったんだよ？」

「何が？」

「不倫してるって言ってたじゃないか、去年」

「この間ね、うちのデパートに来たの。何か買うんだったら、社員割引で買ってあげるって言ってあるから……でも、そのとき、何か暗い顔をしてた。問題あるんじゃないの」

「真弓が、不倫するなんて思いもしなかったな」

児玉が言った。

「恋は魔物なの。ひとに思いもかけないことをさせるのよ」

香織は、ふざけた口調で言って、児玉の顔を撫《な》でた。突然の愛撫《あいぶ》に照れて、児玉が顔を引いた。

「どうしたんだよ、お前の方は？」

照れを隠すように、児玉が偉そうに言った。

「私の方って？」

「西条と竹井だよ」

「ハハハハ」

香織が豪快に笑った。

「笑って、ごまかすなよ」

「この間さ、三人で金沢で飲んでたのよ。あの二人、私のことで本気で喧嘩《けんか》するのよ」

「香織のことを好きだからだろうが」

「本気で喧嘩する価値なんかある？　私に」

「あるよ。おれは、香織のためなら死んでもいい」

児玉が、本気かどうか分からない口調で言った。香織が、一瞬真面目《まじめ》な顔で児玉を見た。

「ありがとよ」

ふざけた口調で言って、児玉を抱きしめる。児玉の顔が、香織の胸に埋まった。

「よせよ」

児玉が、豊かな胸の間でもがく。

「よせ！」

香織が、やっと児玉を離した。

「ふざけるなよ」

児玉が、怒った口調で香織をにらみつけた。

「いい匂いがしたでしょう、知巳」

香織が、児玉の名前を呼ぶのを初めて聞いた。

「ランコムのポエム。うちのデパートでキャンペーン・セールをやってたから、試供品をもらってきたの」

児玉が怒ったような顔になっているのが、おかしかった。いきなり香織の胸に顔を押しつけられたら、ぼくも、どうしていいか分からず、そんな顔になったかもしれない。

「ふざけるなよ、香織」

児玉が、もう一度小さい声で言った。

3

「川口、来るって言ってた？」

香織が煙草を出しながら言った。

「うん」

煙草に火をつけようとした香織に、児玉が強い口調で言い足した。

「煙草はやめろって言っただろ、香織」

「え?」

香織が、ライターを押そうとしていた手を止めた。

「煙草は肌に悪いよ。おれは、香織がきれいなままでいてほしいんだよ、いつまでも」

「分かった」

香織が、あっけないほどの素直さで、煙草を口から取った。ライターもしまおうとして、そのまま橋から投げ捨てた。児玉のことを出来の悪い弟のようにからかっている香織が、あまりにも素直に言うことを聞いたのが、不思議だった。

「どうしようもないね、あいつ」

香織が、いつものなげやりな口調で言った。

「川口のことか?」

ぼくは聞いた。

「そうよ」

「どうして?」

「警察に捕まったんだよ、あれ」

あいつ」

「香林坊《こうりんぼう》のパーティ・クラブが売春で手入れを食らってね、そのときに客でいたんだって、あいつ」

「どうして、香織が、そんなことを知ってるんだよ？」

児玉が聞く。

「この間、香林坊のスナックで飲んでたら、客がナンパしてきたのよ。どこの高校だって言うから、高岡東だって言ったら、この間、そこの卒業生を説諭《せつゆ》したって、ひとりが言い出したの」

「刑事だったのか？」

「金沢西署の防犯課の刑事だったのよ。ま、厭味《いやみ》言われただけで、それ以上のことなかったらしいんだけどね」

「バカだなあ、あいつ。公《おおやけ》になったら、学校クビじゃないか」

児玉が言った。

「だから情状酌量してやったって、刑事は偉そうに言ってた」

香織は、すぐに話題を変えた。

「夏絵、子供が生まれたんだって？」

「え!?」

「うん」児玉が言った。

「お祝いに病院へ行ったら、変な気がしたよ」

「どうして？」

「おれは、高校のときから何も変わってないのに、同級生が、もう、お母さんになるなんて」

　ぼくも同感だった。

「しっかりしなさいね、未来の監督さん」

　欄干に腰を下ろしている児玉の顔を、香織が両手で挟んだ。

「頑張りな」

　児玉が、また泣き出しそうな顔になっている。

「来たよ、噂《うわさ》の主が」

　川口と夏絵が橋を渡ってくるのが見えた。夏絵は子供を抱いている。川口が、隣から日傘を差しかけてやっていた。他の男の子供を生んだ夏絵に寄り添っている川口を、ぼくは、一瞬バカだと思った。

「川口、夏絵の病院に何度も行ったらしいよ」

　児玉が言った。

「何で?」

香織が、不思議そうに聞く。

「夏絵に子供が生まれたのが嬉《うれ》しかったんじゃないの」

「自分の子供じゃないのに」

香織があきれた顔になった。

子供を抱いた夏絵が近づいてくる。そばで日傘を差しかけてやっている川口は、忠実な侍従《しもべ》のように見えた。その姿を見ながら、ぼくは、昔、川口が言った言葉を思い出していた。

「女の体って、丸くて、柔らかくて、滑らかで、信じられないほど濡《ぬ》れてくるんだ」

川口は、今でも、あのときの夏絵の体を忘れていないのではないだろうか。たった一度だけ抱いた、夢見るような肉体。川口は、それを求めてパーティ・クラブに行ったのだろうか。そこに、そんなものがないことは分かっているのに。

日傘が近づいてくる。

「よお」

川口が言った。

「どうしようもないね、あんたは」

香織が、夏絵の前でパーティ・クラブのことを言い出しそうだったので、

「可愛《かわい》いじゃない、もう何カ月？」

と、ぼくは、産着《うぶぎ》に包まれた赤ん坊を覗《のぞ》き込んだ。川口のことから、みんなの興味を逸《そ》らせたかった。

「五カ月」

夏絵が言った。

「可愛い！」香織も、夏絵の腕の中を覗き込む。「ゴメンね、病院に行けなくて」

「いいわよ、そんなこと」

「川口、夏絵の病院に通ってたんだって？」

「通ってたわけじゃないよ」

「旦那《だんな》に変に思われるじゃないのよ」

「そんなことないわよ。川口くんと私は、何でもないの分かってるから」

川口が複雑な顔になっていた。

「ねえ、さっきの話、何？」

夏絵が話題をもどした。気になっていたらしい。

「さっきのって？」

「川口くんが、どうしようもないって」

「ハハハ……言っていい、川口？」

「よせよ！」

「言いなさい、川口くん」

夏絵が、侍従に命令するような口調で言った。川口が困った顔になっている。

「川口ね、パーティ・クラブの手入れで、警察で説教くらったのよ」

香織がバラしてしまった。自分のことでもあけすけに話す香織に知られてしまったのが、運のツキだったのだ。川口は、香織に日傘を渡して、反対側の欄干に行ってしまった。

「パーティ・クラブって？」

夏絵が聞いている。

「マンションに女の子がいてさ、パーティ券を買っていくと、後は何をしてもいいらしいの。売春防止法の網目をくぐり抜けるために、いろんな手を考え出すんだって、刑事が言ってたわよ」

「バカねえ」

夏絵は、反対側に避難している川口のそばまで行って、

「バカ」

と、繰り返している。

「ほら、侍従。王女さまに傘を差しかけてあげな」

香織が、日傘を川口の方に突き出した。川口が受け取って、夏絵の上に差しかけている。

「バカ」

夏絵が、また言った。

「ごめん」

川口が、日傘を差しながら謝っている。夏絵に謝っても仕様がないのにと、ぼくは思った。

そのとき、赤ん坊が泣き声を上げた。

「ミルク出して」

夏絵が、川口に言っている。

「うん」

川口が、手にしていた小さなバッグから哺乳瓶《ほにゅうびん》を出した。濡らしたガーゼで、吸い口を拭《ふ》いている。夏絵が赤ん坊に含ませた。

「慣れてるじゃないか、川口」

児玉がからかうと、川口は照れた顔になった。

「母乳じゃないの?」

香織が、哺乳瓶を含んでいる赤ん坊の顔を覗き込んでいる。

「普段はそうだけど、ここでオッパイ出すわけにはいかないじゃない」

「夏絵、おれが病室にいるのに、平気で、胸、出すんだぜ」

川口が言った。

「仕様がないじゃない、母乳の時間なんだから」

「見たのか、夏絵のオッパイ」

児玉がからかった。

「うん」

「どうだった、夏絵のオッパイ?」

「やめてよ」

夏絵が笑った。

「デカかった」

川口がそれだけ言った。その言い方がおかしくて、みんなで笑ってしまった。

川口にとっては、笑い事ではなかったかもしれない。初めて触れた感激の乳房と、母乳でふくらんだオッパイが同じものであることを、川口の頭は納得できただろうか。

「いいなあ、赤ちゃん」

香織が、赤ん坊の頬《ほお》を指でつついた。

「結婚したら、香織も？」

夏絵が言った。

「結婚か……」

香織が、遠いものを追うような目になった。

「おう！」

向こうで大きな声がした。西条と竹井が橋を渡ってくる。

「あの二人、いつも一緒だね」

赤ん坊の飲み干した哺乳瓶を、当然のように川口に手渡しながら、夏絵が、橋を渡ってくる西条と竹井を見た。

4

「その節は、いろいろとお世話になりました」

夏絵が、西条の方を向いて、神妙な顔で頭を下げた。

「お前、何の世話をしたんだよ」

児玉が、西条に言った。

「産婦人科の先生を紹介したんだよ。それだけ」

「病院って、紹介があるのとないのとでは、全然違うじゃない？　ありがたかった」

夏絵が真剣な顔で言った。クラスメートの出産を、クラスメートが助けている。その年月の過ぎ方が信じられなかった。

西条と竹井が、香織のそばに行った。

「よお」

「やあ」

二人で同時に言っている。

「この間は、どうも」

皮肉を込めて、香織が言った。

一年前と違って、西条の方が、どこか余裕のある顔をして、竹井の方が、切羽《せっぱ》づまった顔になっている。ぼくは、対岸の火事を見るような気持ちで、三人を見ていた。

「伸子、賞をもらったんだってな」

西条が、余裕のある顔でみんなの方を向いた。

「何の賞よ？」

夏絵が聞いた。

「仲子たちが作ったCMが作品賞をもらったって、北日本新聞に出てたぞ」

「伸子の名前も出てたのか？」

川口が聞いた。

「小さくだけどな」

地元の新聞だから出たのだろう。ぼくは知らなかった。

「仲子はやるわね」

香織は素直に感心した声を出したが、夏絵は反応しなかった。

「来るのか、仲子?」

西条が、児玉に聞いている。

「うん」

「みんなでお祝いしなきゃな」

「うん」

「私も頑張らなきゃ」

香織が、川に向かって大きく伸びをした。形のいいお尻《しり》が薄いワンピースを突きあげるのを、橋の上にいた男たち全員が、まぶしそうに見た。

竹井が、香織に近づく。香織が、竹井を避けて、ぼくの方に寄った。竹井は面白くない顔で立っていたが、感情を吐き出すように低い声で言った。

「本気じゃないよ、西条は」

香織は反応しなかった。

「あいつは、おれに対する意地で、あんなことを言ってるだけだ」

香織は黙っている。

「社会の階段を要領よく昇っていっているやつが、お前と結婚するとは思えない」

香織は、竹井を無視して川を眺めている。

「あいつの親は、興信所に頼んで、きみの家のことを調べてるよ」

香織の表情に何の変化もなかった。香織が反応しないので、竹井は、そのまま離れていった。香織は、川の方を向いて、黙って立っている。今度は、西条が、香織のそばに来た。

「おれは本気なんだ」皮肉屋の西条が、真剣な顔で言っている。「親にも話した」

「家のことなら、私に聞けば何でも話してあげるのに」香織がなげやりに言った。「それとも、私の男関係を調べたかったの？」

「どんな結果が出ても、おれは問題にしない」

西条は強く言うと、来たときと同じ真剣な顔で、香織から離れていった。西条と竹井が、儀式のように同じ行動を繰り返しているのが、関係のないぼくにはおかしかった。香織は、川に向いて立っている。二人の言葉をどんな風に受け取ったのか。香織の表情には何の変化もなかった。

急に暑さを感じて、ぼくは、ポケットからハンカチを出して顔を拭いた。香織は動こうとしない。今まで陽気に歩き回っていた香織がじっとしていると、何か違和感があった。

「香織」

ぼくは声をかけた。香織が、ぼくの方に顔を向けた。その目に涙がにじんでいるのを見て、次の言葉が出なくなった。

香織が、照れたような顔になって、バッグから着ているものと同じ紅いハンカチを出して、目を拭《ぬぐ》った。

「暑いわね、今日は」

コンパクトを出して、化粧を調べている。

「暑い日に、涙は似合わないよ」

ぼくは、それだけ言うのが精一杯だった。香織が笑って、向こうに歩いていった。

5

「石沢さんが来たわ」

夏絵が他人行儀な言い方をした。

白いスーツを着た伸子が、橋を渡ってくる。淡い陽炎《かげろう》の中で、シャープな白い姿が、熱気と湿気を切り裂いてくるようだった。

「伸子って、ますます素敵になるね」

香織が感心したように言った。

「伸子は、いつだって、自分をどんな風に登場させたらいいか、ちゃんと計算してるの。自分の見せ場を心得てるのよ、あの人は」

夏絵の言葉のトゲが、一年前よりも鋭くなっているように、ぼくは思った。夏絵は、何に引っかかっているのだろう。子供を生んで一段とふっくらとした丸い顔の奥に、何が隠されているのだろう。

伸子は、まっすぐに背筋を伸ばして橋を渡ってくる。橋の上を、白い風が吹いてくるように思えた。

「おめでとう」

西条が、伸子に声をかけた。

「何が？」

「賞をもらったんだろ？」

「知ってるの？」伸子は笑った。「私がもらったんじゃないの。私のチームが作った作品がもらったのよ」

「でも、凄いよ」

竹井が言った。

「ありがとう」

伸子が素直に礼を言った。

「伸子は、自分のやるべきことをちゃんとやっていくのよね」

夏絵が言った。一見ほめているようにも聞こえたが、ほめたわけではないことが、夏絵の顔に露骨に出ていた。

「あなたこそ、おめでとう」

伸子が、夏絵のそばに行った。

「何が？」

「こんなに可愛い赤ちゃんを生んで、羨《うらや》ましいわ」

「心にもないこと言わないでよ」

夏絵の冷ややかな言い方に、伸子が、赤ん坊に伸ばしかけていた手を止めた。その手をどこにやったらいいのか分からないまま、伸子は、向こうにいる香織に笑いかけた。

「私なんか、やるべきことを何もしてない。しなくてもいいことばっかりしてるわよ」

香織が、伸子の笑顔に応《こた》えるように言った。西条と竹井が、揃《そろ》って香織に目をやっている。

「お祝いしようよ」

児玉が、欄干の下に置いてあった大きなクーラーボックスの蓋《ふた》を開けた。飲み物をやたらに持ってきたのかと思っていたのだが、中から出てきたのは、シャンパンが二本。そして、みんなの数だけのシャンパン・グラスだった。

「お前、持ってきたのか。これを!?」

西条が、あきれた顔をしている。

「車で来て、ここで降ろしたんだよ」

児玉が、みんなにグラスを配った。西条がドンペリを受け持った。竹井がポメリーを受け持つ。

「これ、お前のところで買ったんだぞ」

児玉が、ぼくに言った。昨日、大阪から帰郷したばかりだったので、何も聞いていなかった。

「橋の上で、シャンパンが飲めるとは思わなかったな」

西条の言葉が終わると同時に、ポンと小気味のいい音がして、コルクの栓が空高く舞った。つづいて、竹井の手からコルクが飛んだ。

「おめでとう」

ぼくたちは、暑い夏の日、田舎の橋の上でシャンパン・グラスの乾杯をしたのだ。暑さで火照った体に、冷えたシャンパンが滲《し》みとおって、一瞬にして酔いが回るような気がした。

「私、飲めないから」

夏絵が、川口にグラスを渡そうとしたが、

「口をつけるだけでもいいから」

と、川口が、グラスを夏絵にもどした。

「おれ、シャンパンなんか飲むの初めてだよ」

川口が言った。

「気持ちいい！」

竹井が、川に向かって大きな声で叫んだ。

「お前らしいな」

半ば感心したような、半ばあきれたような声で、西条が、児玉に言った。ぼくは、児玉が、橋の上をハリウッドにしたかったのだと思っていた。

橋を、地元のお婆さんが渡っていった。足の長いグラスを持った大勢の若い人間は、お婆さんの目にどんな風に映っただろう。お婆さんは、恥ずかしそうな顔で足早に歩き去っていった。

「乾杯！」

川口が、お婆さんの後ろ姿に向かって大きな声を出した。

「よしなさいよ」

夏絵に咎《とが》められている。

6

「素敵、そのスーツ」

香織が、伸子に話しかけている。

「香織も似合ってるわよ、紅いワンピース」

二人とも、ほんのりと赤い顔をしていた。

「忙しいんでしょう、よく帰ってこられたわね」

「一年に一度くらいは帰ってこないと」

「見合いするんだろう、仲子」

向こうから、西条が言った。

「バレてるの？」

仲子が、茶目っ気のある笑顔を見せた。ぼくは、胸が切なくなるのを感じていた。仲子が見合いをすることにではない。ときおり見せる仲子の茶目っ気のある笑顔が、ぼくは、高校のときから、たまらなく好きだったのだ。

「うちの病院の外科の先生だろうが」

西条が、仲子のそばに来た。

「親に言われて断われなかったのよ」

「ボストンの大学を出た優秀な先生なんだ。仲子に似合ってるよ、きっと」

「私、結婚するつもりないもの、今は」

「どうしてよ？」

川口の日傘の下から、夏絵が、またトゲのある言い方をした。

「ちゃんと仕事をしたい。中途半端はいやなの、私は」

「結婚する人間は中途半端だって言うの」

夏絵がからんでいく。

「そんなことじゃないわ、私は自分自身のことを言ってるだけ」

伸子がピシャリと言った。その言い方に圧されるように、夏絵が悔しそうな顔で黙り込んだ。伸子が、そんなきつい言い方をするのを、ぼくは初めて聞いた。その言葉は、伸子のシンプルなスーツよりも、伸子が都会で働く女であることを感じさせた。

「親がうるさいんでしょう、伸子のところは？」

香織が取りなすように言った。

「たまには、親の言うことも聞かないとね」

「そんなので見合いをしたら、相手に悪いじゃないの。中途半端がいやなら、親の言うことなんて無視するのが当然じゃないの」

夏絵が、またからんだ。その言い分は、ある意味では筋が通っていた。伸子は、黙って夏絵を見ていたが、

「そうだね」と、小さい声で言った。「親を心配させたくないなんて、人並みなことを思ってしまうのよ、私も」

「人並みが悪いの？」

夏絵が、なおもからんだ。

「やめなさいよ、夏絵」

香織が、きつい口調で言った。

橋の上に一瞬緊張した空気が走った。香織の言葉にタイミングを合わせるように、児玉がシャンパンを注いで回る。

「冷えているうちに飲もうぜ」

橋の上に漂っていた緊張した空気が、ふっと散っていった。

7

「この間、大阪に行ったの」

伸子が、ぼくのそばに来た。ぼくは、多分、まぶしそうな目で伸子を見たと思う。白いスーツのせいではない。ぼくにとって伸子は、いつになっても、百メートル・トラックを疾走する、汗にまみれたあこがれの女生徒だったのだ。

「そうか」

「前野くんのところに電話したんだけど、いなかった」

「どうして？」

「何が？」

「どうして、おれのところに電話なんか？」

「ビルの前を通ったからよ」

仲子が、不思議なことを聞くとでもいうように、笑いながら言った。同級生なんだから電話くらいしてもおかしくはない。仲子が不思議に思うのも無理はなかった。でも、ぼくには、仲子が電話をしようと思ったことに、なぜか現実感を持てなかった。

「残念だった」

やっと、そう言った。

「私も」

仲子が笑った。その笑いの奥にあったものに少しも気づかずに、ぼくは、関係のない話題に移ってしまっていた。

「夏絵と何かあったのか？」

「え？」

「きみに突っかかるから」

「分からない」

と、言って、伸子は川の方を見た。伸子にとっては、どうでもいい話題のようだった。

そのとき、騒ぎ声がした。竹井が、西条に突っかかっていっている。竹井に突き飛ばされて、西条が食ってかかった。川口が慌てて割って入っている。ぼくも飛んでいった。

西条から遠ざけられても、竹井は、まだ西条の方を睨《にら》みつけていた。

「負け犬は吠《ほ》えるってね」

西条が皮肉っぽく言った。

「やめろよ！」

ぼくは反射的に声を上げていた。声が大きかったのか、みんながぼくの方を見た。ぼくは、自分の声に照れて、小さな声で言った。

「友達のことを、そんな風に言うもんじゃない」

香織が、そばに来た。

「あんたが勝ち犬ってわけじゃないのよ、西条」

香織はなげやりな口調で言うと、ぶらぶらと歩いていった。向こうの方で、児玉がひとり、欄干の上を歩いていたのだ。児玉は大分酔っていたはずだ。

「仕様がないわね」

香織は、しっかりものの姉のような声で言いながら、橋を歩いていった。

「危ないわよ」

児玉が、軽業師のように欄干の上を走っていく。香織が話しかけても、児玉は、わがままな弟のように欄干から降りようとしなかった。

香織が、手を伸ばして、児玉を降ろそうとした。そのとき、児玉の姿がぐらりと揺れた。

児玉は、そのまま川に落ちていった。

「あ……！」

ぼくは慌てて走っていった。伸子もついてきた。他の連中も気づいて、慌てて走ってきた。

香織が川を覗き込んでいる。みんなも、そばに行って、川を覗いた。

橋桁《はしげた》のまわりに澱《よど》みがある。昔、川にもっと水量があった頃、橋桁のまわりは深い淵《ふち》だったのだ。そこだけは水の流れが止まって、子供の頃、よく泳いだものだった。

児玉が、その澱みの中で、うつ伏せに浮いている。まったく動こうとしなかった。

「児玉！」

川口と竹井が、河原に向かって走っていこうとした。

「大丈夫よ」

香織が呼び止めた。

「え？」

川口が、けげんな顔で足をとめる。

「児玉は、どこで落ちたら安全か、ちゃんと心得て落ちたんだから」

みんなが、もう一度川を覗き込んだ。

「知巳……知巳！」

水の中でうつ伏せになったまま動かない児玉に向かって、香織が叫んだ。その声が聞こえたのかどうか、児玉が、水の中でくるりと一回転した。

「あいつ……」

西条が、あきれた声を出した。

児玉は仰向けに浮かんでいる。そのままの姿勢で、橋を見上げていた。

香織が、黙って児玉を見下ろしている。他の人間がいることを忘れてしまったかのように、ただじっと見つめていた。水の中の児玉も、他の誰も見えていないような目で、香織を見上げている。

児玉を見下ろしている香織の目に、他の人間を見ているときにはない、やさしさがあった。児玉と香織に何があるのだろう。ふっと思った。何かがあるとは思えない二人だったが、橋の下の目と橋の上の目には、言葉では言い表せない不思議な親密感があったのだ。

8

高校の頃、夏は、もっとも単純な季節だった。どんなに悩みを抱えていても、夏が来ると、常に新しいことが起きる予感があった。昨日のことや明日のことで悩んでいるなんて、バカげていると思わせてくれるのが、夏だったのだ。

夏は、今を生きる季節だった。

誰かにふられても、夏が来れば、また新しい女に会える。人生につまずいても、夏になると、また新しいエネルギーを得られる。夏は、ぼくたちに、そう思わせてくれたのだ。

男たちの夏は、今までの夏と少しも変わっていなかった。竹井と西条のいさかいにしても、高校時代の延長線上の出来事でしかなかった。ぼくにとって伸子が、百メートル・トラックを疾走する女生徒であったように、川口にとって夏絵は、母になった今でも、人生で最初に触れた大切な女体だったのだ。

高校の頃を一番懐かしがっていたのが、児玉だったかもしれない。みんな就職をしていたし、竹井にしても、そのつど職に就いていた。ただひとり、ぶらぶらしていたのが児玉だったのだ。家の経済状態がそれを許していたし、映画監督になるという果たせそうもない夢が、何もしないでいることのエクスキューズになっていた。

児玉は、あのとき、大人になることを拒否していたのだ。橋から落ちるという児玉の突飛な行動は、みんなが大人になっていく、時の流れに対する抗議だったのだと思う。

児玉には分かっていたのだ。男たちは、まだまだ高校時代の幼さを引きずっていたが、女たちは、一歩先に大人になっていっているということが。

香織がなぜ泣いたのか、ぼくには分からなかった。西条の親が、興信所に調査を頼んだことがショックだったとは思えない。香織の家の複雑さは、自分の口からあけすけに話すから、誰もが知っていることだった。西条との結婚が壊れたからといって、香織が、泣くほどの悲しみを持つとは思えない。あのとき香織の心の中にあったものは、一体何だったのだろう。

夏絵の、伸子に向けられるトゲのある言葉。夏絵の心の中には何があるのだろう。今まで聞いたこともなかった、夏絵に対する伸子のきつい言い方。竹井と西条は、高校の延長線上でいさかいを起こしていたが、夏絵と伸子は、その頃とは違った場所で対立していた。

死んだ弥生は、穏やかな笑顔の底に何を隠していたのだろう。破滅的なジャニスの生き方に魅《ひ》かれる何かを、弥生は、心のどこかに持ったまま死んでいったのだろうか。

男たちは、自分の心の中にある複雑さに気づいていなかったが、女たちは、それに気づきはじめていた。ある年齢を越えると、太陽が、女たちの肌にとって歓迎されないものになっていくように、夏は、女たちにとって、昔のような単純な季節ではなくなっていたのだ。女たちの心から夏が遠ざかっていくことを、児玉だけが気づいていた。

川を渡ってきた風が、橋の上を吹き抜けていった。最高にむし暑かった夏の日の、一瞬の爽《さわ》やかな風だった。

第三章　三年目の橋

1

林に囲まれた屋敷が、田圃《たんぼ》の中に散らばっている。土地が豊かなので、広々とした田畑を見せてしまうと、租税を多く取られてしまう。垣入《かいにょう》と呼ばれる屋敷林に囲まれた家を、田圃の中に点在させることで、少しでも土地を狭く見せようとした。そんな言い伝えもある。

散居《さんきょ》村。このあたりの田園風景は、今でも、そんな言葉で呼ばれている。

緑の中に、かすかに黄金色が混じりはじめている。小矢部《おやべ》川の向こうにひろがる田園は、これから秋にかけてが、一番美しい。稲穂が少しずつ伸びていって、青田の中に、黄金色が増えていく。自然が創《つく》り出す、絶妙な綾織《あやお》りだ。それが過ぎると、緑と黄金色の格子《こうし》縞《じま》が紡がれていく。ひとつひとつの色合いが、微妙に違う。まだ青々とした田圃、黄金色が混じってきている田圃。すっかり、黄金色になってしまった田圃。微妙なコントラストは、毎年見ていても、見飽きることがない。

そして、秋が深まると、すべての風景が黄金色に染まっていく。

木橋の上には、人影がなかった。まだ誰も来ていないのだろうと思って、土手を歩いていくと、橋の下に白いものが見えた。中州に、香織が立っている。

ぼくは橋を渡っていった。向こう岸からでないと、中州には行けない。橋の真ん中まで来て、

「香織!」

と、呼ぶと、香織が橋の下から出てきて手を振った。橋が、河原にくっきりとした影を落としている。

「太陽が直撃じゃない」

中州に降りていくと、香織がけだるい声で言った。

「お肌に気をつけないといけない年になったからね、私も」

二年前、児玉が橋の上で会おうと言ったときには、誰もそんなことを言わなかったのだ。

香織は、ジーンズの上に、ゆるやかな袖口《そでぐち》の白いTシャツを着ていた。胸元に、大きな鳥の刺繍《ししゅう》が付いている。色とりどりの模様が、どこか暑苦しかった。何もない白いシャツなら、すっきりと見えるのにと思っていると、

「どうしたの？」

と、香織が聞いてきた。

「いや……どうしたのかなと思って」

ぼくは話題を変えた。

「何が？」

「西条にプロポーズされてたんだろう？」

「ああ……あんなもの、うまくいくわけがないじゃないの」

「どうして？」

「私が、彼と結婚してうまくいくと思う？」

「西条は、香織が好きなんだろう？　香織しだいじゃないか」

「あれは、一度私と寝て、舞いあがっているだけのことよ。結婚って、セックスだけでやっていけるものじゃないでしょう？　それが分かってないのよ、あれには」

「西条が、きみを好きなのは、セックスだけじゃないと思うよ」

「男は、みんな、セックスしたくて私に寄ってくるのよ」

「きみが勝手にそう思ってるだけだ」

思わず口調が強くなっていた。香織が、けげんな顔でぼくを見てくる。

「男がきみに寄ってくるのは、それだけのことじゃない」

「何があるの、その他に？」

「きみは、他の誰にもない、やさしさがある。おれは、ずっとそう思ってるよ」

香織が、不思議なことを聞くような顔で、ぼくを見ている。

「そんなことを言われると……」照れて、石を拾って川面《かわも》に投げた。「前野くんのこと好きになっちゃうな」

艶《つや》やかな笑顔を向けられて、ぼくは、慌てて関係のないことを聞いていた。

「児玉と何かあるのか？」

「どうして？」

「すごく親しそうな感じだったから、去年、ここで会ったときに」

香織は、少しの間黙っていた。何かを話そうとしてためらっている。そんな感じだった。

「私と知巳にはね……」

口を開きかけて、香織は、橋に向かって手を振った。

「こっち、こっち！」

欄干の上から、真弓の顔が覗《のぞ》いている。

「今、上がって行く！」

香織が大きな声で言った。

2

真弓は、鮮やかな黄色のブラウスを着てきていた。下には、淡い色のインド綿らしいスカートを穿《は》いている。真弓は、会うごとに、女の匂《にお》いを身につけはじめていた。

「日光は、お肌の敵だからね。橋の下で日除《ひよ》けをしてたの」

「私、これ買ってきたもの」

真弓は日傘を手にしていた。香織の頭上に差しかけてやりながら、

「こんな所で、毎年会おうなんて、児玉くんには、女の気持ちが分かってないのよね」

と、言った。真弓が女っぽいことを言うのを、初めて聞いたような気がする。どんなに暑い日でも、太陽に向かって歩いていく。そんなイメージが真弓にはあった。でも、それは、高校時代のもので、今はもう遠い日のことなのかもしれない。

「何をしてたの、河原で？」

「前野くんに、お説教されてたの」

香織が言った。

「そんなものしてないよ」

ぼくは慌てて言った。

「私もしてもらおうかな」

真弓が、真面目《まじめ》な表情で言った。

「真弓」香織がしんみりした口調になった。「無理しない方がいいよ」

真弓は黙っていた。そのまま何も言わなかった。浅黒い顔に、赤い口紅が生々しく見えていた。二年前に、橋で会ったときには、真弓は、高校時代と同じ、男の子のような面影を残していたのだ。

「慣れないことをしていると、危ないよ」

香織の言ったことが何を意味しているのか分からなかったが、真弓が、切羽《せっぱ》づまった状況にいることは、その顔から読み取れた。

「そうだね」

真弓が、日傘をくるくると廻《まわ》した。そして、やっと明るい声を出した。

「児玉くん!」

児玉がマウンテンバイクに乗ってくる。ぎこちない漕《こ》ぎ方が、高校の頃を思い出させた。

児玉は、そばまで来て、恰好《かっこう》をつけるような足さばきで、マウンテンバイクから降りた。

「まだ乗ってるの、それに?」

真弓が言った。懐かしさが半分、高校を出て八年もたつのに、少しも変わっていないクラスメートにあきれるのが半分。ぼくには、そんな風に聞こえた。

「この自転車のことで、カンキと何度ももめてたじゃない」

カンキというのは、生活指導の教師のことだ。

「知巳は、普通の自転車には足がつかないんだよ」

香織がズバリと言った。児玉が怒った顔で見る。児玉の反応を楽しむような表情が、香織の顔に浮かんでいる。香織が、ひとを傷つけて楽しむような性格でないことは分かっていた。その香織が、児玉にだけは平気できついことを言うのが、ぼくには分からなかった。

「児玉くんは、女心が分からないって言ってたのよ、今」

真弓が言った。

「何が？」

「こんな日差しの強い日に、橋の上で会おうなんて」

「最初のとき、何も言わなかったじゃないか」

「みんな、お肌が心配な年頃になったのよ」

「じゃ、橋の下で会おうか？」

「ダメよ、橋の上でないと。私たちは、この橋を通って通学してたんだから」

香織が、はっきりとした口調で言った。

「いいのよ。これからは日傘を忘れないようにするから」

香織の指が、児玉の顔を撫《な》でる。その手から逃れるように、児玉が一歩後ずさった。

「夏絵から来られないって電話があったよ」

「そう」

「妊娠してるらしいよ、二人目の子供を」

「あらま。また、川口が侍従をしなきゃならないじゃない」

「川口さんって、高校のときから、夏絵のこと、あんなに好きだった？」

真弓が言った。

「そんな風には見えなかったわよねえ」

香織が同調した。夏絵が、川口の初体験の女であることを言ったら、みんな、どんな顔をするだろう。

「噂《うわさ》をすれば」

香織が向こうを指した。川口が歩いてくる。いつも夏絵と二人だったので、ひとりで橋を渡ってくる川口は、どこか淋《さび》しそうだった。

「王女さまがご懐妊なんだって？」

川口がそばまで来ると、香織がからかった。

「王女さま?」

「夏絵のことよ」

「ああ」

川口が照れた顔になる。

「川口くん、そんなに夏絵のことが好きだったの?」

真弓がズバリと聞いた。川口が、困った顔でぼくを見てくる。ぼくが話したとでも思ったらしい。ぼくは、みんなにわからないように首を振った。

「おれも結婚するんだ」

川口が小さな声で言った。

3

「誰と?」

「今の中学の先生」

「平凡じゃない、一番」

真弓が、あきれたように言った。

「おれの人生なんて、平凡の塊だよ」

「平凡が一番」

香織が、川を見下ろしながら言った。

「そうだね」

真弓が、香織のそばに行って、また日傘を差しかけた。二人の女の後ろ姿に、時の経過が感じられた。弥生の葬式の日、真弓と香織が並ぶと、少年と女のようだったのだ。今、真弓の後ろ姿は、香織に負けないくらい成熟した女の匂いを漂わせている。輪郭のはっきりしていた真弓の体に、靄《もや》がかかったような不確かなものが漂いはじめていた。

「西条からも、今年は行けないって電話があった」

「竹井は？」川口が、児玉に聞いた。「あの二人、いつも一緒じゃないか」

「竹井も来ないわ、きっと」香織が言った。「金沢からいなくなったのよ、あれは」

竹井は、何度か仕事を変えて、今年の春には、運送会社でバイト的な仕事をしていた。

「どこへ行ったんだよ？」

川口が聞いた。

「分からない」

「香織と関係あるのか？」

「どんな？」

「どんなって……西条、香織にプロポーズしてたんだろう？」

「私が、オーケーの返事をするのが怖くて、竹井は逃げだしたのかもしれない。あいつは、何だかんだって言ってても、結局弱虫だからね」

「オーケーしたの、西条くんのプロポーズ？」

真弓が聞いた。

「するわけないでしょ」

「してもいいじゃない。西条くんは、昔から香織のこと好きだし、前途有望なお医者さんなんだから」

「西条は、私のこと好きだって思いたいのよ。それだけのことよ」

「そんな風に決めつけたら、可哀《かわい》そうじゃない」

「あいつは、自分が人生を踏み外さないことを、よく知ってるのよ。踏み外したい願望が、私を好きだって思わせてるだけ。私、西条に言ってやったの。あなたが一番望んでることは、医局長の娘と結婚して、私を愛人にすることよって」

「ひどいんじゃない、それは少し」

「あいつは、私と結婚したりしたら、一年もたたないうちに後悔する。でも、他の女と結婚して、私を愛人にしたら、一生つき合えるかもしれない」

「きみは自分を安売りしすぎるよ」

ぼくが言った。

「私は自分の価値をよく知っているのよ」

香織が、ぼくを見つめながら言った。完璧《かんぺき》な形をしている黒い瞳《ひとみ》に、暗い情熱が潜んで見える。それは、香織を、いっそう魅力的にしていた。

「きみは自分の美しさを知らない」

ぼくは、香織にそう言いたくなった。

「愛人になればいいじゃないか」

児玉が怒ったように言う。

「知らない人間ならまだしも、同級生の愛人になるなんていやなことよ。いくら、私が愛人向きの女でもね」

香織が、お得意のなげやりな口調で応じた。

4

「伸子は来るのか?」

川口が、児玉に聞いた。

「電話がなかったから来るんじゃないか」

「伸子、会社を辞めたらしいよ」

「ほんと？」

香織が、川口を見た。

「夏絵が電話で言ってきたんだ」

「夏絵って、どうして伸子のことを、あんなに気にしてるの？」

香織が、川口に聞いている。

「いつも突っかかるような言い方してるじゃない、伸子に向かって」

「夏絵は羨《うらや》ましいんだよ、伸子のことが」

「どうして？　夏絵は、ちゃんと幸せな結婚をしてるじゃないの」

「私には人生の先が見えてるからって、夏絵が言ってたことがある……」

「そういう人生を夏絵は選んだんでしょ。自分が選んでおいて、人に突っかかったって仕様がないじゃない」

「仕様がないことは、夏絵にも分かってるんだよ。でも、伸子を見ていると、突っかかりたくなるんだと思うよ」

「分かるな、その気持ちは」真弓が言った。「伸子って、高校のときから、風を切って生きてるように見えてたもの」

真弓の言うことに、ぼくも同感だった。伸子のまわりには、いつも透明な風が吹き抜けていると、ぼくも思っていた。

「平凡な生き方しか出来ない人間がいるんだよ。そんな人間から見ると、伸子のような生き方は、羨ましくって、嫉妬《しっと》したくなるんだよ」

川口が、夏絵の気持ちを代弁した。

「私、そんな言い方、嫌いよ」香織が強い口調で言った。「平凡な生き方しか出来ないんじゃなくて、夏絵は、平凡な生き方を選んだんでしょ。それが、自分にとって幸せな生き方だって思ってるわけでしょ。それなのに、ことさら自分を卑下して見せて、そんな生き方しか出来ないなんて、卑怯《ひきょう》だと思う。平凡な生き方だって、立派な才能よ。誰にだって出来ることじゃないわ」

香織は一気に言った。

「平凡な生き方がしたいのか、香織は？」

児玉が、からかい半分に聞いた。

「そうよ。私は、ずっと、そう思って生きてきたもの」

「平凡な生き方をするには、きみは美しすぎる」

「映画のセリフみたいなことを言うじゃない、未来の監督さん」

香織が、児玉の頰《ほお》を撫でた。児玉は、また照れくさそうな顔になって、欄干の方に歩いていってしまった。

「仲子、見合いをするって言ってたじゃないか。あれ、どうなったんだよ?」

川口が言った。

「断わったらしいって、西条が言ってた。相手は、まだあきらめていないらしいけど」

香織が答えた。

「ボストンの大学を出たエリートの医者との結婚を断わるなんて、やっぱり平凡な人間には出来ないわよ」

真弓が言った。

「噂をしたら、本人が来たよ」

児玉が、橋のたもとを見た。

仲子が橋を渡ってくる。ジーンズに白のTシャツ。香織と同じような恰好なのだが、ずっと爽《さわ》やかな感じがする。

仲子は、傘を差して歩いてきた。真弓の差しているのは花柄の日傘だったが、仲子のは、ただの雨傘らしかった。

「いつ見ても、すっきりしてる、伸子は」

香織が感心したように言った。感心するセンスがあるのなら、もっとシンプルなものを着てくればいいのにと、ぼくは、去年と同じことを思った。香織が、伸子と同じようにジーンズに白いTシャツだけだったら、どんなに魅力的に見えるだろう。

「日差しがきついから、お店にあった傘を差してきちゃった」

伸子が、差してきた傘を持ち上げて見せた。

「お肌のことを少しは考えなさいって、みんなで児玉に言ってたのよ」

香織が言った。

「おれのせいじゃないよ……」

児玉がモゴモゴと言って、向こうをむいた。

5

「会社辞めたんだって、石沢さん？」

真弓が聞いた。

「知ってるの、もう？」

「東京で起きたことは、あっというまに、こっちに伝わってくるの。噂って早いんだから」

高校時代から、香織は、いろんな噂に悩まされてきたのだ。

「何かあったの？」

ぼくは聞いた。

「どうして？」

「だって、去年、賞までもらったのに」

「あの後から、うちのスタッフが、むつかしいことを言いはじめたの。自分たちが社会をリードしているとか、CMで、人の意識を変えることが出来るとか……私、CMはただの商品の宣伝だって思ってたから、みんなが理屈をこねるのがいやになってきたのよ」

「ただ、それだけで辞めたのか？」

「うちの室長が、独立して会社を作ることになってね。私、そこに入れてもらうことにしたの」

「独立して会社を作ったって、やることは同じなんだろう？　それなら、大手にいた方がいいじゃないか」

川口の言うことはもっともだと、ぼくも思った。

「室長が、硬派な人でね。いつまでもコマーシャルの世界でいるのはいやだって、細々とでもいいから、前からの夢だった報道の仕事をしたいって、会社を作ったのよ。だから……」

「仲子、好きなの、その人のことが？」

真弓が、いきなり言った。仲子が一瞬言葉を切った。すぐ笑顔を見せながら、

「そんなんじゃないわよ」

と、言った。一瞬の空白が、仲子の言葉を曖昧《あいまい》なものにしていた。

「凄《すご》いね、仲子は……」

香織が言ったが、何を凄いと言ったのか誰にも分からなかった。

「おれもロスに行くんだ」

児玉が小さい声で言った。

「ロス？」

川口が聞いた。

「ロスに、フィルム・アカデミーって映画の学校があるんだよ。どんなところか、一度見てようと思ってるんだ」

「まだ、あきらめてないのか、お前？」

「まだって……？」

「とっくに、そんな夢捨てたのかと思っていたよ」

「夢を捨てたら、おれには何も残らない」

児玉が、また映画のセリフのようなことを言った。

「知巳がハリウッドにもぐりこめたら、私、何でも、知巳の欲しいものをあげる」

「欲しいものって？」

「言ってみな」

児玉が黙りこんだ。

「香織の体」川口が茶化すように言った。「そうだろ、児玉？」

児玉は黙っていた。

「私の体でよければ、いつだってあげるわよ」

香織が笑いながら言った。

「きみは、自分の価値が分かってないんだ」

児玉が、ぼくが思っているのと同じことを言った。香織は、それを無視して、真面目《まじめ》な顔で言った。

「欲しくないの、知巳？」

「欲しくない」

児玉が、きっぱりと答えた。

香織は、じっと児玉を見つめていた。黙ったまま、児玉を見つめつづけている。児玉も、香織を見返していた。無言の視線のなかで、二人が、自分たちにしか分からない会話を交わしているように、ぼくには思えた。

橋の上に、空白の時間が流れた。児玉と香織の間にある複雑なものに、ぼくだけではなく、他の人間も気づきはじめていたのかもしれない。

「うあーッ」

突然、大きな声がした。真弓が、川に向かって叫んでいる。

「どうしたの、真弓？」

伸子が、驚いた顔で真弓のそばに行った。真弓は、欄干に手をついたまま、放心したような顔になっている。

「どうしたのよ」

伸子が、真弓を覗き込んでいる。真弓が意味もなく叫び声を上げるなんて、高校時代を知っているものには信じられなかったのだ。

「ちょっとね、叫んでみたくなっただけ」

真弓が、はにかんだように笑った。

「言ってもいい、真弓？」

香織が言った。真弓が振り向く。

「言うわよ。私だって、この橋の仲間には何でも話してるんだから」

香織が念を押すように言う。真弓は何も答えなかった。

「真弓、不倫の相手を忘れたくて、別の男とつき合ってるのよ。そんなことをしてみたところで、好きな人が忘れられるわけじゃないのに」

香織の言葉が終わらないうちに、真弓が、みんなの方を向いて、きっぱりと言った。

「忘れられるわ。私は忘れてみせる。あんな人、忘れてみせる」

真弓の強い言葉づかいは、生徒会の委員長をしていた頃の彼女を思い出させた。しかし、真弓が強く言えば言うほど、言葉の奥にある、もうひとつの心を、みんなの前にさらけ出してしまっていた。

ぼくたちは、どんな反応を見せていいのか分からないままに、無言で橋に散らばっていった。そのとき橋にいた全員が、年月の経過を感じていたと思う。もう、自転車通学をしていた頃の自分たちではないのだということを、真弓から思い知らされていたのだ。

そのとき、ぼくの額に水滴が当たった。

「雨だよ」

同時に、川口が言った。川下の方は青空が見えて、強い光が差していたが、橋の上には、いつのまにか黒い雲がひろがっていた。

「降ってくるよ」

児玉も言った。

「橋の下に行こう!」

川口の言葉が終わらないうちに、ぼくたちは、橋のたもとに向かって走り出していた。

「真弓」

香織が呼びかけて、真弓と一緒に走り出す。その姿を追いかけるように、強い雨が一気に落ちてきた。

6

雨足が川面《かわも》で跳ねている。跳ねあがる水滴が、くっきりと見えるほどの強い雨だった。鉄橋を列車が走り抜けていくときのような轟音《ごうおん》が、橋から響いてくる。

夏の終わりの頃には、よく強い夕立が降る。自転車通学をしていたときにも、何度か橋の上で突然の驟雨《しゅうう》にあったことがあった。ぼくたちは、橋の下で固まって、雨を見つめていた。

「気持ちいい！」

児玉が、橋桁《はしげた》の礎石の上にあがって、体を揺すっていた。

「ずぶ濡《ぬ》れになって、よく自転車で走ったわね」

伸子が言った。

「おれ、今になって白状するけど、ずぶ濡れになった香織の胸を見てみたいって、夕立のたびに思ってたんだ」

川口が笑って言った。

「あんたは昔からエッチだったんだね」

香織が笑った。

「本当は、夏絵の胸が見たかったんじゃないのか、川口？」

児玉がからかった。

「残念でした。夏絵のオッパイは、今はもうふたつ共、赤ん坊のものになっています」香織がからかった。「ひょっとしたら、まだ旦那《だんな》さまのものかもしれないけど」

「よせよ」

川口が、断ち切るような言い方をした。顔を強張《こわば》らせて、向こうの橋桁に歩いていく。

最初に触れた女の肉体を、いつまでも忘れようとしない川口が、ぼくには不思議に思えた。大阪に勤めはじめて二年目のときに、ぼくも、遅い初体験をした。ビルの骨組みが出来上がって、施工会社の社員や鳶職《とびしょく》の人たちと、現場の事務所で打ち上げの会をやったことがある。最初の会には何十人もいたのだが、二次会、三次会と流れていくうちに、最後は五、六人になっていた。施工会社の女子社員がひとり、ずっと一緒にいて、いつのまにか、ぼくと二人きりになっていた。

「もう一軒行こう」

と、もつれ合うように歩いているうちに、気がついたらホテルにいたのだ。どっちが誘ったのか、二人とも酔っていたから、覚えてはいない。ラブホテルのベッドの上で戸惑っているぼくに、女子社員がしがみついてきた。

「前から好きだったの」

そんな風なことを言われたことを覚えている。酔いにまかせた初体験は、剝《む》き出しになった瞬間の、小さく真っ白い乳房以外は、記憶の底に留《とど》まらなかった。もう一度電話をしないといけないと思いながら、そのままになってしまった。相手から一度電話がかかってきたらしいが、ぼくの方から電話をしないでいると、二度とかかってはこなかった。もう一度会うと、関係がつづいてしまう。ぼくは、それを恐れていたのだと思う。関係をつづけたい相手ではなかった。

初めて知った女の肉体を、いつまでも忘れられないでいる川口が、ぼくには羨ましい気がした。川口にとって、夏絵との体験は、そんなにも素晴らしいものだったのだろうか。

「大声で叫んで、気がすんだ?」

香織が、真弓に聞いている。そっけない言い方だったが、言葉づかいに、やさしさがあふれている。

「うん」

真弓が素直に答えている。香織のやさしさは、真弓にも伝わったようだった。

「おれも会社を辞めることになるかもしれない」

ぼくは、みんなに聞こえるように言った。

「どうして?」

伸子が、けげんな顔で聞いてくる。

「伸子と同じことをしたいのか?」

川口がふざけた言い方をした。

「おれのは、伸子のようにカッコいいもんじゃないんだ。兄貴のイギリス人の彼女が、去年突然訪ねてきてね……兄貴、先月イギリスに行ってしまったんだよ」

「へーえ」

「すぐ帰ってくるって言ったけど、なかなか帰ってこなくてね、おれ、今、会社を休んで、店を手伝ってるんだ。このまま兄貴が帰ってこないと、会社を辞めることになるかもしれない」

「いいの、仕事は?」

「おれは、伸子みたいに、仕事に夢があるわけじゃないから……そうしてもいいと思ってるんだ」

「簡単にあきらめられるの、仕事を?」

「多分ね……おれも、結局は、平凡な生き方が似合ってるのかもしれない」

「才能があると思う?」

香織が聞いてきた。

「才能?」

「平凡な生き方をするのは、才能がいるのよ」

「あると思うよ」

ぼくは、はっきりと答えた。

「前野のところは大きな酒屋だからなあ。誰かいないと無理だよなあ」

児玉が雨を見ながら言った。

みんなが、また雨足を見つめた。新しい橋から聞こえてきていた車の音も雨で消されて、ぼくたちの耳に響いてくるのは、橋から響いてくる轟音と川面で跳ねる雨足の音だけだった。

児玉が、橋桁の斜めの桟に上がっている。川口は、礎石の上に座り込んでいた。真弓は、放心したように雨を見つめている。別れられない恋人の姿を、雨の向こうに見ているのだろうか。香織も、ただじっと雨を見ている。香織の心にあるものが何なのか、ぼくには分からなかった。伸子が、砂利を蹴《け》りつけるようにして、橋の下を歩いていっている。伸子の心にあるものも、ぼくには分からなかった。

ぼくは、伸子の後を追っていった。

伸子に好きな男が出来たらしいことが、ぼくの心を不思議に軽くしていた。それまでのぼくなら、みんなから離れて、伸子の後を追っていくことなんか出来なかっただろう。

伸子は、中州の端で立ち止まって、雨を見ている。ぼくが近づいていくと、

「何？」

と、いう顔で見てきた。

「思いきったことをしたな」

「何が？」

「会社を辞めたこと」

「前野くんだって辞めるんじゃないの」

伸子は笑いながら言った。

「おれのは、なりゆきだから」

「私も、なりゆき」

伸子が、香織のようななげやりな言い方をした。その言い方にそそのかされるように、ぼくは、いきなり核心に迫る問いを投げかけていた。

「好きなのか、その室長が？」

伸子が、ぼくを見つめた。

「前野くんまで、そう思ってるの？」

「思ってるよ」

大胆な言い方が出来るのが不思議だった。自分が気づいていないだけで、ぼくの心の中には強い嫉妬があったのだと思う。嫉妬が、ぼくに、自棄《やけ》っぱちな勇気を与えていた。

「どんな男？」

ぼくは聞いた。

「聞きたいの?」

「聞きたい」

「仕事では、すごく切れるひと……私、前から尊敬してたの。自分が考えているのと同じことを、その人が考えてるって分かったときには、すごく嬉《うれ》しかった。だから、その人についていくことにしたの」

「いくつなんだ、その男?」

「四十と少し」

「独身?」

「真弓と同じ不倫だとでも思ってるの、前野くん?」

仲子が、強い目でぼくを見つめた。ぼくの心にあった自棄っぱちの大胆さが、その目にたじろいで薄らいでいった。

「男と女の関係になっていたら、私、絶対に一緒に辞めたりしない」仲子は、きっぱりと言った。「私を甘くみないで、前野くんまで」

「ごめん」

「そんなに素直に謝られると困るけど……」

仲子が、茶目っ気のある笑顔を見せた。その笑顔を見たとたんに、ぼくの心に強い恥ずかしさがもどってきた。伸子のそばにいるのが落ちつかなくなって、ぼくは、慌ててみんなの方にもどっていった。

川口が、雨の中に石を投げている。香織が、プロレスの真似をして、児玉の頭を抱え込んでいた。児玉は、香織の体から離れようとするのだが、香織がなかなか離そうとしない。

そのとき、真弓が雨に向かって歩き出した。

「真弓！」

香織が、児玉の体を離した。

雨が、真弓の体に叩《たた》きつけている。それにも構わず、真弓は、どんどん雨の中に歩いていった。

伸子も、みんなのところにもどってきた。

「真弓……」

茫然《ぼうぜん》と、真弓を見つめている。

真弓が雨の中で立ち止まる。黄色いブラウスとインド綿のスカートが、またたくまに濡れて、体に張りついた。ずぶ濡れになった子犬のように、真弓は、頼りなく心細げに見えていた。

真弓が、雨に向かって大きく手をひろげて、みんなに向かって笑ってみせた。その笑顔に反応するものは誰もいなかった。笑顔の裏に隠されているものを、みんな知っていたからだ。

真弓が、泣きべそをかいたような顔で手を下ろした。どうしていいか分からなくなって、夕立の中で気をつけをするような恰好で立ちつくしている。

激しい雨に打たれて、真弓は、どんどん少女の頃にもどっていくように見えた。

第四章　四年目の橋

1

土手の向こうにひろがっている田圃《たんぼ》が、霞《かすみ》がかって見えている。ぼくは、慌てて土手を降りて、川沿いに歩いた。田圃が霞んでいるのは、農薬を散布した後なのだ。

その年は、冷夏だった。七月になっても、なかなか暑くならず、八月になって、やっと夏だということを思い出させるような日が、何日かつづいた。

いろんなことがあった年だった。ぼくにも、他の連中にも。

ぼくは、会社を辞めて、家の手伝いをすることになった。家に訪ねてきた女性とイギリスに行った兄が、しばらく帰れないと言ってきたのだ。ぼくの会社にも電話をよこして、

「お前が酒屋を手伝うわけにはいかないか」

と、相談を持ちかけてきた。そうするより他はないと、ぼくも思っていたのだが、

「何があったの？」

と、少し意地悪な気持ちで聞くと、

「いろいろとな」

とだけしか、兄は答えなかった。

結局、ぼくは、年が明けてすぐ会社を辞めて、高岡にもどった。五年間、大阪での生活を経験して、自分が都会には向かないことを、何となく感じてもいた。酒屋の若旦那《わかだんな》になって、好きな本を読んだり、小説を書いたりする生活も悪くないなと思っていたのだ。

おまけに、ぼくは、見合いまでしたのだ。

「八尾《やつお》の叔父《おじ》さんに頼まれて、どうしても断われなかったから、会うだけでいいの」

と、母が言い、

「気にいらなければ断わればいいんだから。ま、叔父さんの顔を立てて」

と、父も言ったのだが、後になって考えると、父と母が仕組んだことのような気がした。叔父さんもグルだったのだと思う。訳の分からない女性に引っかかって、兄のように家を出ていかれたら困ると、みんなが思ったのではないだろうか。二人兄弟だったから、ぼくの代わりは、もういないのだ。

ぼくは、砺波《となみ》市に出来た『ニチマ倶楽部《くらぶ》』で、初めての見合いをした。

2

『ニチマ倶楽部』というのは、元は紡績工場だった建物を利用して出来た、この辺りでは珍しい洒落《しゃれ》たホテルなのだ。女工さんの宿舎だったという二つの建物が、大屋根でつながって、吹き抜けのホールが作られている。自然光の差し込むホールは、細長い石のテーブルのある洒落たティールームになっていた。結婚式のための教会やレストランなども、ホールの周囲に作られていて、そこのフレンチ・レストランで、ぼくは、広瀬由美子という女性と見合いをしたのだ。

よく笑う女性。それが、由美子の第一印象だった。堅苦しい見合いではないということを印象づけるためか、彼女の四つ下の妹も同席していた。

ぼくが入っていった瞬間に、妹が、由美子の脇腹《わきばら》をつついた。その後、二人が笑いだしてとまらなくなったのだ。

「前野さんに失礼じゃないか」

由美子の父親が叱《しか》りつけるような声を出して、二人は、やっと笑いをとめた。神妙な顔を少しの間つづけていたが、体の中に残っていた笑いにくすぐられるように、また笑いだしてしまった。

ぼくの両親もムッとした顔をしていたが、ぼくは、その笑いの中に、こちらに対する好意のようなものを感じていたのだ。

「何がおかしかったの？」

ぼくの両親や向こうの両親、妹も帰ってしまって、レストランで二人きりになったときに、ぼくは由美子に聞いた。

「妹が、合格なら脇腹をつつくからって、来るときに言ってたんです。あんなのやめた方がいいというときには、背中を撫《な》でるからって……」

言葉が終わらないうちに、由美子は、また笑い出していた。

「そんなことしちゃダメだって、妹に言ってあったんだけど、あのとき、すごい力で私の脇腹をつついてくるから、笑いがとまらなくなったの」

「おれ、合格だったわけだ、一応」

「はい」

由美子が神妙な顔で答えた。

由美子の笑いのせいで、ぼくたちは、二人きりになってからも堅苦しい雰囲気にならずにすんでいた。食事を終えてホテルを出るときには、ぼくは、由美子ともう何回も会っているような気持ちになっていた。

タクシーを待っているときに、ぼくは、由美子に聞いていた。

「酒屋の奥さんになれると思う?」

「はい」

由美子は神妙な顔で答えた。そして、タクシーに乗り込む前に、真面目《まじめ》な顔で深々と頭を下げた。

「いろいろ失礼なことが多くて、ごめんなさい」

タクシーがホテルを出ていくときに、リア・ウインドウから由美子が振り返って、小さく頭を下げて手を振った。

そのときに、ぼくは、あの子と結婚してもいいなと、ぼんやりと思ったのだ。

3

橋の上に、伸子の姿があった。

伸子は、深いブラウンのワンピースを着ていた。黒いロングのカーディガンを、肩にふわりとかけている。その恰好《かっこう》で、じっと川を見つめていた。

ぼくが、近づいていっても気がつかない。

「伸子」

声をかけると、やっと振り向いた。

「何を考えていたんだ」

「別に……川の流れを見て、ぼんやりしていただけ」

「どう、新しい会社？」

「なんとかやってるけど、でも大変」

「そうだろうな」

「この間、ドキュメントの番組を作ったのよ。私がディレクターをして」

「凄《すご》いじゃないか」

「今の中学生をテーマにしてね。会社としては、お金にはならなかったらしいけど、私は面白かった」

　曇り空で、光は強くなかったのに、伸子の肌は、いつもより荒れて見えた。伸子の言葉よりも、肌の方が、伸子の現状を表しているような気がした。

「疲れてるみたいだな」

　ぼくが言うと、伸子は、すぐ頬《ほお》を押さえた。

「肌が荒れてるでしょ？」

「うん」

「本当は、こんな顔で来たくなかったんだけど……」

橋の上で会うのも、これで四年目になる。毎回出ているのは、ぼくと川口と伸子と香織だけだ。児玉も毎回来ていたのだが、今年は行けないからと、ぼくのところに電話があった。ロスからだった。

ぼくも川口も香織も、地元にいる。県外にいて毎回出席しているのは、伸子だけだった。

「会社を辞めたんだって？」

「うん……今は、すっかり酒屋の若旦那」

「いいわね」

「どうして？」

「生まれ育った街で、落ちついた生活をするのもいいかなって、最近思いはじめてるの」

「きみには無理だよ」

「どうして？」

「きみは、田舎で暮らせる人間じゃないよ」

「どうして？」

伸子が、怒ったような顔でぼくを見てきた。

「毎日、同じことの繰り返しで、年をとっていくなんて、きみには似合わない。きみは、毎日毎日が変化していかないと、生きていけないよ」

「………」

「それが出来るのなら、きみは、ボストンの大学を出た医師と見合いで結婚してるよ。こちらで暮らすには、願ってもない縁談だったじゃないか」

「願ってるか願ってないか、私が決めることよ。前野くんが決めることじゃないわ」

目が怒っていた。伸子を怒らせようなんて思っていなかったので、それ以上会話がつづかなくなってしまった。一瞬の気まずさを、大きな声が救った。

「はーい！」

香織が、竹井と一緒に橋を渡ってくる。

4

香織は、ジーンズの上に黒いシャツを着ていた。香織にしては、珍しく余分なもののない服装だった。二つ目のボタンまで外れて、白いふくらみが、ほんの少し見えている。

「よお！」

竹井が、珍しく明るい声で言った。

「お前、どこに行ってたんだよ」

ぼくは聞いた。金沢の運送会社を辞めてから、どこに行ったか分からなくなっていたのだ。

「板前になろうと思って、大阪に行ったんだって。しばらく皿洗いをやってたんだけど、結局つづかなかったの」

香織が代わりに答えた。

「何してるの、今？」

伸子が聞いた。

「金沢のホテルに就職したんだよ」

竹井が答えた。

「すっきりした恰好してるじゃないか、香織」

ぼくは言った。

「竹井が、これにしろって言ったのよ」

香織が笑いながら言う。

「似合うだろ？」

竹井も嬉《うれ》しそうに言った。

「男の人には目の毒よ」

仲子が、香織の胸元を指して言った。

「もうひとつボタンを留めるって言ってるのに、竹井が開けてろって言うのよ」

「魅力のあるものを隠すことないじゃないか。この恰好で香織が歩いていると、前から来た男が必ず見ていくんだよ」

ぼくは、竹井の言葉にひっかかっていた。竹井は、香織のことを自分のもののように自慢している。

「西条くんは？」

仲子が言った。竹井の姿を見ると、みんな西条のことを思い出すのだ。

「来ると思うよ」竹井が、そっけなく言った。「あいつ、結局、医局長の娘と結婚することになったんだ」

ぼくは、香織を見た。香織が、ぼくを見返してきた。

「私、西条にはっきり言ったの。あなたは、私と結婚すると一年もたたないうちに後悔するし、私は、あなたの愛人になるのはお断わりだって」

「あいつは、あれでいいんだよ。あれしかないんだよ」

竹井が言った。

「真弓、今年は来ないんだって」

香織が、さりげなく一番上のボタンを留めた。

「何かあったの？」

伸子が聞いた。

「去年、あんなことをしたから、恥ずかしくて来られないんだって」

「来ればいいのに。そんなこと言わないで」

伸子が残念そうな顔になった。

「私も、そう言ったんだけどね。真弓、自分でもショックだったんじゃないの。自分が、あんなことをするなんて思いもしなかったから」

「恋は魔物って、お前、よく言ってるじゃないか」

竹井が、香織に言う。

「そうよ、恋は魔物。あなたにも、よく分かってるでしょ」

香織が、竹井の頰をつついた。

「誰だって、自分がどうしていいか分からなくなるときがあるんだもの。私、好きだった、去年の真弓」

伸子が言った。

「そうだね」香織も言った。「いつも、しっかりものだったものね、真弓は」

「しっかりしないといけないって思いながら、自分が分からなくなっていくのよ」

「あら」香織が、仲子を見た。「経験者みたいなこと言ってるじゃない、仲子」

「え？」

「仲子も同じ経験してるの？」

ぼくは、仲子を見た。息が喉《のど》に引っかかるような気がした。仲子も恋をしてるのだろうか。

「そんなことない」

仲子が言った。

「この橋の上ではね、正直ものにならないといけないのよ、みんな」

香織がからかったが、仲子は笑わずに、

「そうね……」

と、小さな声で言った。

仲子が恋をしているのは確かなことだと、ぼくは思った。一緒に会社を辞めた上司だろうか。仲子が恋をしても、少しも不思議ではないのに、恋をしないでいることの方が不思議なのに、ぼくは心を揺さぶられていた。

「おれ、見合いしたんだ」

その言葉は、伸子に向かって言ったような気がする。

「見合い？」

竹井が驚いたように言った。

「叔父さんに無理矢理連れていかれてね」

「どこの人？」

香織が聞いてきた。

「八尾」

「何してる人？」

「公民館に勤めてるんだって」

「風の盆に踊ったりしてるのか？」

竹井が羨《うらや》ましそうに言った。八尾では、毎年九月の始め、立春から数えて二百十日に当たる日に、風害よけと豊作を祈る祭りが、三百年も前からつづいている。賑《にぎ》やかな盆踊りとは違って、哀調に満ちた胡弓《こきゅう》のメロディに合わせて、若い男女が、路地から路地へひっそりと踊り歩くのだ。高校時代に、みんなで行ったことがあるのだが、柔らかな色合いの着物を着て、編《あ》み笠《がさ》で顔を隠して優雅な手つきで踊る若い女性たちは、みんな美人に見えた。

「毎年踊ってるって言ってた。でも、そろそろ年齢制限に引っかかるからって」

風の盆に踊る女性は二十五歳頃までだから、そろそろ引退だと、由美子が笑いながら話してくれたのだ。

「おしとやかな人なんだ」

伸子が言った。

「いや、よく笑う人」

「気に入ってるみたいじゃない、前野くん？」

香織は、ぼくの気持ちを見逃さなかった。

「うん。結婚してもいいと思ってる」

伸子が恋をしているということが、心のどこかに引っかかっていて、ぼくに、そんなはっきりとしたことを言わせたのだと思う。

「前野くんが見合いで結婚するなんてね」

香織が、納得できないような言い方をした。

「信じられないのか？」

「前野くんって、熱烈な恋愛をするんじゃないかって、なんとなく思ってたから……でも、家を継いで見合い結婚するって言われると、それはそれで似合ってるような気がする」

「まだ、決めたわけじゃないけどね。見合いしたばかりだから」

「よく笑う人って、いい奥さんになるわよ」

仲子が言った。

「恋してるんだろ、仲子？」

ぼくは、仲子の言葉を押し返すように言った。

「言えよ。この橋の上では、みんな正直になるんだって、香織も言ってるんだから」

仲子に向かってきつい言い方をしたのは、初めてだったかもしれない。

「してる」仲子が小さな声で言った。「でも、本当に好きになっていいのかどうか、まだ分からないの」

「あの人か？」

「え？」

「室長だったっていう人」

「ええ」

「男と女の関係じゃないって言ってたじゃないか、去年、ここで？」

つい、咎《とが》めるような言い方をしていた。

「あのときは、そうだったの」

　伸子が言い訳するように言った。それ以上聞くことはなくて、ぼくの心に理由のない憤《ふん》懣《まん》だけが残った。

「いいな、みんな。恋をしたり、結婚したりで」

　香織が言った。

「香織は恋をしてないのか？」

　竹井が怒ったように言った。

「してると思った？」

「やっぱり、西条のことが好きなのか？」

「やめてよ」香織が叱りつけるように言って、竹井をにらみつける。「そんなことを言うのなら、私、出ていくわよ」

「ごめん……」

　竹井が顔を伏せて言った。

「私は、誰とも恋をしてないの」

　香織は宣言するような言い方をした。

　竹井が、香織から離れて、ひとりで橋を歩いていった。

5

「児玉から電話があったよ」

ぼくは、香織に言った。

「そう」

「ロスからだった。今は、語学学校に行ってるんだって。ちゃんと会話が出来るようになって、ハリウッドにもぐり込んでみせるって、あいつ張り切ってたよ」

「無理だよ、そんなこと」

竹井が向こうから言った。

「そんなことはないわ」香織がきっぱりとした言い方をした。「知巳は、きっと夢を実現させると思う。そうしないと、あいつには何もないから」

「おれだって、何もないよ」

竹井が自嘲的《じちようてき》に言った。

「何もなくて満足している人間と、知巳は違うのよ。あいつは、何もないことのつらさを、小さいときから味わって生きてきたのよ」

「お前、どうして児玉のことになると、そんなにムキになるんだよ」

竹井が言った。ぼくも、昔から感じてきたことだった。

「私とあいつは、似たもの同士なの」

「どこが？」

「あなたには分からない」

香織が、竹井に向かって宣言するように言った。私と児玉のことは誰にも分からない。香織がそう言いたがっているように、ぼくには思えた。

「来たよ、西条が」

竹井が橋のたもとを指した。タクシーが停まって、西条が降りようとしている。

「タクシーで乗りつけるのか」

竹井が不満そうに言った。ぼくも、竹井の気持ちに同調した。ぼくらは、みんな、駅や自分の家から、ぶらぶらと歩いてきたのだ。自転車通学をしていた橋にタクシーを乗りつけるのは、してはいけないことのように思えていた。

西条は、急ぎ足で橋を渡ってきた。

「お医者さんは違うね」

西条が近づくと、竹井は、すぐに突っかかっていった。

「何が？」

西条が、竹井をにらみつける。

「タクシーで乗りつけるなんて、金持ちだって言ってたんだよ」

「忙しかったんだよ、手術があって……遅れては悪いと思ったから、タクシーで来たんじゃないか」

「もう、手術なんかしてるの、西条くん？」

伸子が聞いた。

「簡単なものならね」

「偉いんだよ、西条は、もう」

竹井が、また突っかかった。西条が、竹井の方を見つめて、それから、香織を見た。

「お前、香織と同棲《どうせい》してるんだってな」

ぼくたちにも初耳のことだった。

「悪いか」

竹井が小さい声で言った。

「どういうことなんだ」

西条が、香織の方を向いた。

「放っとけなかったのよ、竹井のことを」香織が言った。「この人、どうなるか分からないから」

「その体で、竹井のことを慰めてるのか」

「西条！」ぼくは強い口調で言った。「やめろよ。そんな言い方をするのは」

橋の上が、トゲトゲしい雰囲気になるのは我慢できなかった。夏絵が、伸子に向かってきつい言い方をしたときにも、ぼくは、何度も咎めようと思ったのだ。

西条は、煙草をくわえて火をつけた。強く煙を吐く。心の中の苛立《いらだ》ちを煙にして吐き出したように、ぼくには見えた。

「おめでとう、西条くん」

伸子が、雰囲気を和らげるように話題を変えた。

「何が？」

「医局長のお嬢さんと結婚するんでしょう？」

「別に、おめでたいことじゃないよ」

西条が、また煙を吐いた。

「そんな言い方をするもんじゃないわよ」

香織が諭すように言った。西条が、香織を見る。その目に、暗い情熱が漂っているのを、ぼくは見たのだ。いつか、香織の目の中に見たものと同じものだった。西条は、本気で香織のことを好きなのかもしれないと、ぼくは、そのときに思った。

「おれは、やりたいことをして生きている。お前は、やるべきことをして生きてるんだよ」

竹井が言葉をぶっつけていく。西条が、竹井をにらみつけた。橋の上にいたものが、何も言うことが出来ないほどの強い目だった。

物事を斜めに見ることが得意で、皮肉なことを言う西条を、ぼくは、高校のときからあまり好きではなかった。でも、そのときに、西条が、ぼくの思っているほど単純な人間でないことを、初めて感じたのだ。

女たちが、一足先に、自分たちの複雑さに気づきはじめていると、二年目の夏に思った。男たちも、やっと、人生の中に複雑なものを抱え込もうとしていた。それが、社会に出て生きるということなのだろうか。それとも、もともと心の中にあった複雑さに、気づきはじめたということだろうか。女たちに遅れて、男たちも、やっと大人になろうとしていた。

「また、二人揃《そろ》ってきたわよ。王女さまと侍従が」

香織が橋の向こうを見た。川口と夏絵が並んで歩いてくる。

6

夏絵は、白地に水色の模様の入ったワンピースを着ていた。裾《すそ》の拡がったスカートが、夏絵に女らしい柔らかさを与えている。

涼しい夏だったので、伸子も香織も、濃い色の洋服を着ていた。夏絵の夏らしい衣装は、きわだって涼しげに見えた。

「二人目が生まれたんだって？」

香織が聞いた。

「うん。今度も女だった」

夏絵が明るく言った。言葉だけではなく、夏絵の表情も明るくなっていた。

「年子？」

「似たようなものだけどね」

「もう、二人のお母さんか……」

香織がため息をつく。

「きれいになったわ、夏絵」

伸子が言った。それがお世辞でないことは、橋の上にいるみんなに分かっていた。

「ダイエットしたの、一生懸命」

夏絵が恥ずかしそうに言った。夏絵のそんな表情を見るのも、久しぶりだった。

「二人目の子供の面倒もみてるの、侍従さん？」

香織がひやかした。

「いや……」

川口が言葉を濁して、ぼくの方を見た。その目が何かを訴えている。そう思ったが、川口が何を言いたがっているのか、ぼくには分からなかった。

夏絵が、香織や伸子たちに、西条が結婚することになった医局長の娘について話している。夏絵は、そのお嬢さんとは病院で何度か会ったことがあるらしかった。

「きれいな人だけど、気が強そうだから、西条くん絶対に尻《しり》に敷かれると思う」

夏絵はそう言って、ケラケラと笑った。夏絵の陽気な笑顔を見るのは、高校以来だった。

「そんな話を、ここでするなよ」

西条が苦い顔で言った。

「どうして？」

夏絵が聞く。

「今、話題にするようなことじゃない」

西条が苦い顔のままで言った。

「同級生に話題にされたくないような結婚を、お前、どうしてするんだよ」

竹井が、また突っかかっていく。西条は何も答えなかった。

「こんなことを言ってるけど、西条くん、そのお嬢さんといるときは、結構嬉しそうなんだから」

夏絵が、また笑った。

川口が、ぼくのそばに来る。西条と竹井の間に漂う緊張した空気がいやになったのかと思ったが、川口は、ぼくのシャツの袖《そで》を引っ張って、みんなから離れたところに連れていった。そして、囁《ささや》くような声で言ったのだ。

「夏絵と寝た」

「え？」

ぼくは、驚いて川口の顔を見た。川口の顔が上気していた。高校二年の秋と同じように。

「お前、結婚したばかりだろ？」

ぼくも小声で言った。

川口は、去年の十一月に、同じ中学校の教師と結婚をしたのだ。同級生で出席をしたのは、ぼくだけだった。結婚相手は、地味だが、どこか神経質そうな女性だった。校長先生や他の教師たちの祝辞を聞きながら、ぼくは、川口が、なぜこの女性と結婚することにしたのか、よく分からないでいた。夏絵は、今年の一月に子供を生んでいた。

「どうして、そんなことに……」

ぼくは小声で言った。

「夏絵が、おれに、今でも好きかって聞いてきたんだ」

「それで？」

「好きだと言った」

「それで？」

「私と寝たいって、夏絵が言った」

「夏絵の方から、そんなことを言ったのか？」

「ああ」

「それで？」

「寝たいって言った」

「それで？」

「ホテルに行ったんだ」

ぼくは何も言えなかった。

「夏絵は、昔と同じだった」

丸くて、柔らかくて、滑らかで、信じられないほど濡《ぬ》れてくるんだ。高校二年の秋、川口は、唇に水の滴りをつけたまま興奮して言ったのだ。

「どうするんだ、これから?」

ぼくは、少し意地悪な気持ちで言った。ひとりは結婚したばかりなのに、ひとりは二人目の子供を生んだばかりだというのに、そんなことをしていることが信じられなかった。

「これからもときどき会おうって、夏絵が言った」

「え?」

「お前は、どう思っているか分からないけどな、前野」川口は真剣な顔でぼくを見てきた。

「おれにとって、夏絵は、昔のままの夏絵なんだ」

言い返す言葉が、ぼくにはなかった。

「誰にも言わないでほしい」

川口が低い声で言った。そのとき、夏絵が、みんなから離れて、ぼくたちの方にやってきた。

「何、こそこそ話してるのよ」

「おれ、見合いをしたから、そのときのことを川口に話してたんだよ」

ぼくは慌てて言った。ぼくの方が慌てることなんか少しもないのに。

「そう……」

夏絵が、川口のことを見た。その眼に、今までの夏絵にはなかった柔らかな艶《つや》がある。ぼくたちが、何を話題にしていたのか、夏絵には分かっていたのだと思う。

「可愛《かわい》い女性なんですってね、お見合いの相手」

夏絵がからかってきた。ぼくのことが向こうで話題になっていたらしい。

「まあね」

ぼくは言葉を濁した。

「おめでとう」

「結婚するって決めたわけじゃないよ。向こうからの返事だって、まだ来ていないんだから」

「前野くんなら、オーケーに決まってるわよ」

夏絵が笑いながら、黙って立っている川口の方を見た。その目に、ぼくは、濃い女の匂《にお》いを感じた。弥生の葬式で会ったときには、妊娠をしていて、二度目に会ったときには、子供を抱いていた。そのせいもあって、夏絵から女の匂いを感じたのは初めてだった。夏絵は、結婚して、子供を生んで、それから、女になっていったような気がする。夏絵のぶっくりした唇が、生々しい色気を湛《たた》えていた。

香織と伸子は、何か楽しそうに話している。西条が、欄干に手をやって、ぼんやりと川を見ていた。竹井が、そんな西条を離れて見ていた。きつい言葉を吐いているくせに、無言でいるときの竹井の目には、西条に対する深いいたわりの色があった。

川口と夏絵が、仲よく並んで、みんなの方にもどっていく。

ぼくは、ひとり離れたところにいて、橋の上のみんなを見ていた。

夏が、どんどん複雑になっていく。ぼくは、そう思っていた。表に見せている顔とは違う顔を、みんなが持ちはじめている。言葉では言い表せないものを、心の中に抱きはじめている。それぞれの間に、他の人間には分からない風が吹き抜けていっている。昔は、手を伸ばせば相手の腕をつかめたのに、今は、手を伸ばしても、なかなか相手に届かない気がした。

くったくなく笑っていた由美子の顔を、不意に思い出した。

あの子と結婚しよう。胸に込みあげてくる切なさにうながされるように、ぼくは、人生での大きな決断を、その夏の橋の上でしたのだ。

第五章　五年目の橋

1

その年、ぼくたちは、全員がタクシーで橋に乗りつけることになった。

その日に、西条の結婚式があったのだ。

盛大な結婚式だった。富山の一流ホテルの大宴会場が、来賓客で一杯になっていた。高校の同級生たちには、ひとつのテーブルが与えられていて、ぼくと川口、竹井、児玉、香織、真弓、夏絵が、同じテーブルを囲んだのだ。

背の高い、目鼻だちのはっきりした花嫁だった。高島田にも負けていなくて、ウェディングドレスを着ると、映画の中に出てくる花嫁のように美しかった。

西条も、背が高くて、それなりにいい男だったから、盛大な結婚式に負けていない華やかな新郎新婦だった。市民病院の先輩医師たちが、西条が前途有望な青年であることを、言葉を変えてスピーチした。しかし、それでは、家柄においても病院内の地位においても、西条が花嫁の家には劣っているのだということを、証言しているようなものでもあった。

「あいつは幸せじゃない」

お祝いのシャンパンを飲みながら、竹井が、誰にということもなく、でも、はっきりと言った。黒いスーツにシルバーのネクタイを締めている竹井は、一応サマにはなっていたが、タキシードの似合っている西条と比べると、比較にならないほどみすぼらしく見えた。いつも言い争っていた西条と竹井だったが、高校を出てからの人生の差が、くっきりと表れているような気が、ぼくたち全員にしていた。竹井は、シャンパンをがぶ飲みして、香織にとめられていた。

キャンドルを手にテーブルを回ってきた花嫁花婿に、ぼくたちは心から拍手をした。しかし、竹井だけが最後まで手を上げなかった。テーブルから去っていくときに、西条が、スローモーションのように竹井を見つめたのを、ぼくはおぼえている。竹井も、西条を見つめ返した。そのときの視線のやりとりは、他の人間たちの理解を拒絶するものがあったのだ。お前の心は、おれだけが知ってる。二人の視線が、そう言っているような気がした。

結婚式が終わって、ぞろぞろとホテルを出た。みんな、両手に抱えきれないほどの引出物の包みを下げている。富山の結婚式の引出物は、やたらと多く重い。大きな鯛《たい》のまわりに宝船や鶴亀を象《かたど》った、信じられないほど大きな蒲鉾《かまぼこ》。その他にも、果物の詰合せや缶詰、ハムなどを盛った籠《かご》や紅白のまんじゅう、和菓子、赤飯、その上に記念品。肩が痛くなるような重い風呂敷《ふろしき》包みを両手に下げて、ぼくたちは、ホテルの前に立ち尽くしていた。スーツにネクタイを締めて男たちが集まるのは、弥生の葬式以来だった。あのときと違うのは、女たちが華やかなパーティドレスだということだ。

「どこへ行く?」

香織が、ガードレールの上に風呂敷包みを載せて、ため息をついてみせる。

「二次会があると思ったから、車で来なかったんだよ」

ぼくもため息をついた。

「富山の結婚式は、車で来ないとダメだって言われてるのよ」

夏絵が笑った。

「お前のときも、こんなだったのか?」

竹井が、歩道にじかに風呂敷包みを置く。

「もちろん」

夏絵がまた嬉《うれ》しそうに笑って、そばの川口を見た。川口は、夏絵の引出物も持たされている。

橋に集まる人間は、全員がホテルに来ていた。伸子だけがいなかったが、結婚式に出られなかったということは、橋にも来られないということだった。

今年は橋に行く理由がなかった。

「どこかへ行こうぜ、早く」

風呂敷包みを両手に下げて、川口が、情けない顔になっていた。

「うちのタクシーを呼ぶから、橋まで行かないか」と、児玉が言った。「せっかく、毎年集まることにしたんだから、いっぺんは全員で橋まで行こうよ」

児玉は、ロスで語学学校に行っていた。何をするにも言葉が肝心だからと児玉は言っていたが、日本でうまくやれないから、なんとなく外国の語学学校に行っている人間たちが大勢いることを、ぼくは知っていた。児玉は、学生ビザを申請するんだと結婚式のテーブルで張り切っていたが、将来の見通しが明るいと思っている人間は、ぼくを含めて誰もいなかった。

「電話をかけてくる」

児玉が、もう一度ホテルにもどろうとすると、真弓が携帯電話を出した。

「これ、使って」

ぼくは、初めて橋に集まったときに、真弓が携帯電話を取り出して驚いたことを思い出した。真弓の携帯は、あのときよりも、ずっと小さい最新式のものになっている。

「一時間ぐらいかかるって言ってるけど、いいか」

電話を切って、児玉がみんなに言った。

「時間はいいけど、これ、どうにかしてほしいね」

竹井が、路上の風呂敷包みを持ち上げてみせた。

「松川の遊覧船に乗らない？」真弓が言った。「私、一度乗りたかったんだ、あれに」

ホテルの向いが城址《じょうし》公園だった。公園の茶屋のそばから、赤いテントの屋根を持った遊覧船が出ている。公園のそばを通って、街の真ん中まで流れていく松川は、両岸に桜並木がある。川面《かわも》に垂れるほどの見事な桜を見ながら、遊覧船は、ビル街までゆったりと走っていくのだ。大通りの橋を歩く人も、思わず足を止めて、船に向かって手を振りたくなるような、楽しい船旅なのだ。

由美子と見合いをして初めての春に、夜の遊覧船に乗ろうと城址公園に来たのだが、長い列を作っている乗客を見てあきらめたのだ。遊歩道を散歩して帰ったのだが、ライトアップされた桜の下を遊覧船が進んできて、来年の桜には絶対に乗ろうと約束をした。

桜のシーズンではないウィークディは、乗客も少なく、ぼくたちは、係留していた船にすぐ乗ることが出来た。船縁《ふなべり》をまたぐときに、一瞬由美子に悪いような気がした。

遊覧船は、静かな音で緑の並木の下を進んでいく。

「きれいな花嫁さんだったわね」

真弓が、手を伸ばして、指で水に触れながら言った。白いワンピースに紫色のコサージュをつけている真弓は、不倫で悩んでいるのが信じられないほど清楚《せいそ》に見えていた。

「でも、少しきつい感じ」

香織が言った。香織は、淡いピンクのツーピースで、フレアーのかかったスカートが華やかだった。しかし、香織がそんな恰好《かっこう》をしても、どこかしっくりしない。ぼくには、去年のようにジーンズに黒いシャツだけの香織が、一番素敵に思えた。

「素敵な花嫁花婿だったわよ」

夏絵が大人びた言い方をした。夏絵だけが着物だった。淡い鶯《うぐいす》の着物に、金色の線の入った帯を締めた夏絵は、貫禄《かんろく》さえ感じさせるほど落ちついて見えていた。

船に乗るときに乱れた川口の衣装を、夏絵が直してやっている。川口と夏絵の関係がまだつづいていることを、その行為が示していた。一年の間に、川口は少し肥《ふと》っていたが、貫禄にかけては、夏絵に負けていた。夏絵は、毎年大人の女になっていくような気がする。川口の方は、結婚して一年たっても、高校のときと同じ童顔のままだった。

竹井が、青い顔をして、椅子《いす》に横になってしまった。ホテルを出たときから、竹井はかなり酔っていたのだ。香織が、そばの椅子に移った。

「私、夜桜のときに、これに乗りたかったんだ」

真弓が、嬉しそうな顔で空を見上げた。桜の枝が伸びて、緑の葉の向こうに青い空が見えている。

「誰と乗るんだろうなって、中学のときから思ってた」

「真弓って、意外とませてたんだね」

香織が、華やかな笑顔を見せた。

「私、乗ったことがある、夜桜のときに」

夏絵が言った。

「誰と」

児玉が聞いたが、夏絵は笑っただけで答えなかった。

「旦那《だんな》さまと？」

真弓が聞いたが、夏絵は、ふふふと笑っただけだった。

川口は黙っている。その沈黙から、夏絵が一緒に乗ったのは川口だろうと、ぼくは思った。誰か他の人間と夏絵が乗ったのなら、誰なんだと、一度は詰問をするだろう。川口と夏絵は、意外と大胆な会い方をしているのだと思った。いろんな形の逢引《あいび》きを。

遊覧船は、いくつもの橋をくぐっていく。夜の船だと、昔からの常夜燈《じょうやとう》が、柔らかな灯を川面に映すのを見ることが出来るのだ。桜の頃でなくてもいいから、由美子と一緒に夜の遊覧船に乗ろうと、ぼくは改めて思った。

ゆるやかに曲がっている松川を、船が静かに進んでいく。明治の頃に、富山市内を大きくカーブして流れていた神通川を、直線に改修した。曲がりくねった部分を、運河として残したのが、今の松川なのだ。水門で堰《せ》き止められているから、運河の流れはゆるやかだ。

椅子に寝たままの竹井の背中を、香織が、かいがいしくさすってやっている。

「ガブガブ飲むからよ」

ぼくの顔を見て、香織が笑った。そんなときの香織は、とてもやさしい顔をしている。

七橋めぐりを楽しんで、茶屋で待っていると、新湊《しんみなと》からのタクシーが来た。ぼくたちは、それに乗って、小矢部《おやべ》川の橋まで行ったのだ。

2

「伸子がいる」

タクシーを降りた瞬間に、児玉が驚いたように言った。橋の真ん中に、伸子が立っていた。

「伸子！」

香織が手を振った。伸子が、こちらを向いて、一瞬驚いたような姿勢になった。香織に応《こた》えるように手を振ってくる。

「どうしたの！」

そばに行くのを待てないように、香織が大きな声を出した。

「みんなは来ないと思ってたの！」

伸子も大きな声で答えた。

伸子は、ジーンズの上に、半袖《はんそで》のサマーセーターを着ただけのシンプルな恰好だった。みんなが盛装しているだけに、伸子のシンプルさが目立った。どんなときでも際立つ存在になってしまう人間がいるんだと、ぼくは改めて思った。

伸子は、手に白いジャケットを持って、足元にナイロンのトラベル・バッグを置いている。

「結婚式にどうして来なかったのよ？」

そばに行って、香織が言った。

「予定が立たなかったから、欠席の返事を出してあったの」

「西条がそう言ってた。出てくれなかったのは伸子だけだって、残念そうだったわよ」

「帰ってるのなら、来ればよかったのに。みんな同じテーブルだったから、席ひとつくらいなら、どうとでもなったのに」

夏絵が言った。

「立派な結婚式みたいだから、飛び入りじゃ悪いかなと思って」

「どこかで二次会しようと言ってたんだよ。でも、児玉が、とにかく一度は橋に行こうって言うから……来てよかったよ」

ぼくが言った。

「誰も来ないかなって思ってたの、今年は。それでもいいって思ってた。ひとりで、この橋に立ってるのもいいかなって」

「この橋のために帰ってきたの、伸子？」

香織が聞いた。

「ううん。家から一度帰ってこいって言われてて、どうせなら今日にしようと思って」

「まっすぐ、ここに来たのか？」

児玉がトラベル・バッグを見た。

「ううん。昨夜、家で、さんざん説教をくらった。今から空港に行くの」

伸子が笑いながら言った。

「忙しいんだね、伸子は」

夏絵の言葉に、昔のトゲはなかった。子供を抱いて橋に来ても、どこか落ちつかずに伸子に当たっていた夏絵。川口との関係が、夏絵を変えたのだろうか。人生を覆《くつがえ》すほどの濃厚なセックスを、二人がしているとは考えられない。何が夏絵を変えたのだろう。高校時代と同じように、夏絵は謎《なぞ》のままだった。

「一年に一度はこの橋に来ないと、なんとなく落ちつかないのよ」

伸子は、もう一度笑ってみせた。そのとき、ぼくは、笑顔の向こうにある淋《さび》しさを感じてしまっていた。橋に着いたときには、際立った存在に思えていた伸子だったが、落着きのある夏絵のそばにいると、どこか頼りなげに見える。伸子がそんな風に見えたのは、初めてのことだった。

「どんなお小言をくってたの？」

真弓が聞いた。

「お前は何を考えて生きてるんだって、父に怒られてたの。父も母もブランド指向だから、名の通った会社に勤めていたときは、まだ我慢できたのかもしれないけど、小さな会社にかわってしまったから、どうして、そんなことまでして働かないといけないんだって、ただひたすら怒ってるのよ」

高校時代に見た厳しい顔の伸子の父親を、ぼくは思い出していた。母親の方は、格式ある老舗《しにせ》の店に埋没してしまったような、目立たない女性だった。

「男のことでもお小言をくらったんじゃないの」

香織がからかった。

「そうね……」

仲子が小さな声で答えた。

「バレたんでしょ？」

香織は、よく分かっていた。

「うん」

「それで、何だって？」

「そんな男、とんでもないから、すぐに帰ってこいって」

「そんなこと言っても、仲子が、はいはいって帰るわけないじゃないの」

「本当は、はいはいって帰りたい心境なのよ」

「うまくいってないの、彼と？」

真弓が聞いた。

「そうじゃないんだけど……」

「問題あるの？」

香織も聞いた。

「嵐《あらし》に向かって歩いていっているような人だから、ついていくだけで、大変。こっちまで大揺れになってしまう」

仲子が茶目っ気のある笑顔を見せた。ぼくの胸を何度も切なくさせた笑顔だったが、今のぼくは、その笑顔から淋しさを感じてしまっている。

「仲子が男についていくなんてね」

竹井が言った。

「仲子が男に振り回されるなんて信じられないよな。男を振り回すタイプだって、おれは思ってたもの」

児玉も言った。仲子は、みんなにそう思われていたのだ。

「仲子が悩むなんて、似合わないわよ」

夏絵は、これまで、石沢さんと他人行儀な言い方をしていたのだ。

「私だって悩むわよ」

仲子が、心の思いを振り捨てるように言った。

「恋は魔物。仲子も魔物に捕まったのよ」

そう言いながら、香織が、児玉の耳をつまんだ。児玉がいると、香織が明るい顔をしているのが不思議だった。

「伸子もそうなんだから、安心していいわよ、真弓」

児玉の耳をつまんだままで、香織が、真弓に言った。

「私は、もう、魔物から逃げたのよ」

真弓が明るく言い返した。

「ほんと？」

「別れたの、もう」

「どっちと？」

香織が、すかさず聞いた。不倫の相手を忘れるために、真弓は、もうひとりの男とつきあっていたのだ。

「両方とも」

「ほんと？」

「東京の本社に帰ったのよ、彼が」

「それで、もうひとりの方とも別れたの？」

「そうよ」

「よかったじゃない」

夏絵が言った。

「うん」

「結局、振られちまったのか。おれと同じじゃないの」

竹井が大きな声で言った。

「誰に振られたんだよ、お前？」

児玉だけが、香織と竹井が一緒に暮らしていたことを知らなかったのだ。

「香織だよ」

竹井が、香織を見つめながら言った。

3

やっぱり別れたんだと、ぼくは思った。

春の終りに、金沢で由美子とデイトしていたときに、香織と偶然出会ったのだ。映画を見て食事をしてという型通りのデイトをして、犀川《さいかわ》の遊歩道を歩いていたときだった。前を歩いていた男女が、いさかいを始めたのだ。そのときまで、前を歩いている人間なんか、ぼくの目には入っていなかった。初めて入ったレストランの料理がおいしくて、ぼくたちは、あれがおいしかった、これがおいしかったと、他愛《たわい》のない話をしていたのだ。

前を歩いていた男女が急に離れて、何か言い争いを始めた。ぼくたちは足をとめて、初めて前にいた男女を見た。

遊歩道には、ほの暗い街灯がついているだけだったが、女のシルエットに見覚えがあった。

「香織……」

ぼくは思わず声を出していた。

「知ってるひと？」

「うん……高校の同級生」

そのとき、香織が男から離れて、ぼくたちの方に歩いてきたのだ。

「香織」

ぼくは声をかけた。

香織が立ち止まった。顔に怒りのようなものが宿っている。ぼくを認めた後でも、その表情は消えなかった。

男が、香織の方を見ている。知らない男だった。白いシャツが暗い遊歩道で浮き立って見えている。顔はよく分からなかったが、その立ち姿から、ぼくたちのまわりにいない遊び人風の匂《にお》いが漂っていた。

「香織！」

男が向こうで言った。香織は返事をしなかった。

「行こう」

香織は、ぼくたちに言って、男をそこに残して歩き出した。

「広瀬由美子さん」

しばらく歩いてから、ぼくは、香織に紹介をした。男は追いかけてはこなかった。

「初めまして」

香織が神妙な挨拶《あいさつ》をした。幾分とまどった顔で、由美子も挨拶を返している。

「変なところを見られちゃったわね、前野くんに」

香織は笑った。

「誰だい？」

ぼくは、男がいた方を指した。

「つまらない男」

香織はなげやりに答えただけで、どんな男か言わなかった。

「竹井は、どうしたんだ？」

「一緒にいるわよ。でも、別れようかなって思ってる」

「どうして？」

「あいつがヤキモチばかり妬《や》くからよ」

「香織と一緒なら、ヤキモチを妬きたくなるよ」

ぼくは笑って言ったのだが、香織は笑おうとはしなかった。

「竹井は自信がないのよ。自信のない男がヤキモチを妬くって、みっともないじゃない。私、竹井のそんなところを見ていたくないの」

「そうか……」

「ねえ」香織が時計を見ながら言った。「これから、ジャズダンスの教室があるの。見にこない？」

由美子も見てみたいというので、中央通町にあるビルまで、香織と一緒に行ったのだ。

レオタード姿に着替えた香織は、犀川の香織とは別人に見えた。体に自信があふれている。大きなガラスの向こうで、生徒を従えて自由自在に踊る香織を見ているうちに、ぼくは嬉しくなっていた。これが香織なんだと思った。自信にあふれ、美しさにあふれているのが、香織なんだ。香織も、ぼくに、そんな自分を見せたかったのかもしれない。美しさを自慢するというより、自分がちゃんとやっていることを見せて、ぼくを安心させるために。

「すごいわね」由美子も、感嘆した顔で香織を見ていた。「前野さんの同級生とは思えない」

「大人だったんだよ、彼女は、高校のときから」

「好きだったの、前野さん？」

由美子が笑いながら言った。笑いに嫉妬《しっと》の感情が混じっている。由美子が、自分の感情を見せたのは、そのときが初めてだった。

「いや、おれが好きだったのは、彼女じゃないんだ」

「他の人？」

「もう、昔のことだよ」

ぼくは、由美子の手を握った。その手を、由美子が握り返してくる。

何度かキスはしていたが、見合いで知り合った男女特有のそらぞらしさから、ぼくたちは、なかなか抜け出せていなかった。踊る香織をガラス越しに見ながら、ぼくと由美子は一歩近づいたのだ。激しく踊りつづけている香織は、そんなことを少しも知らなかっただろう。

4

「前野くんの彼女に会ったのよ。すごく可愛《かわい》い人だった」

香織が言った。

「見合いのひと?」

夏絵が聞いた。

「そう……犀川の遊歩道を、仲よく手をつないで歩いていたのよ」

「手なんかつないでないよ」

ぼくは笑いながら言った。

「結婚するんでしょう?」

真弓が聞いた。

「多分ね」

「みんな、だんだん結婚していくんだ」

真弓がつぶやくように言う。

「女よりも、男の方が、結婚するの早いわね」

香織が言った。女で結婚しているのは夏絵だけだったが、西条も川口も結婚したし、ぼくが結婚すると三人目になる。

「男の人は、ちゃんと相手を捕まえているのに、女は、みんな売れ残ってる」

仲子が笑いながら言った。ぼくたちは、三十歳の一歩手前になっていた。昔なら、女たちが結婚して、男たちがひとりでいる方が、普通だっただろう。それが逆になってしまっている。仲子も香織も真弓も、それぞれに魅力があって、男にもてないタイプではない。そんな女たちが男のことで悩んでいるなんて、高校時代には想像もしなかったことだった。

「あの人なら、いい奥さんになりそう。前野くんのそばに、そっと寄り添ってたもの」

香織が、ぼくをからかった。

「そのときに、ジャズダンスのインストラクターをやっている香織のスタジオに行ったんだよ。踊っている香織は凄《すご》かった」

「何が凄いのよ」

香織が笑いながら言った。

「迫力だよ。これが香織なんだって、おれは思った」

「ほめてるの、それ？」

「そうだよ」

ぼくは真剣に言った。

「体を動かしているときだけは、気持ちが落ちついてられるのよ」

香織の言葉を自分に対する皮肉と受け取ったのだろう。竹井が、香織に突っかかっていった。

「前野は人生を小さくまとめてしまったって、お前、帰ってきてから言ってたじゃないか」

余計なことを言うなという顔で、香織が、竹井をにらんだ。

「もっと大きくなる人なのかなって、私は思ってたんだもの。大きな仕事して、世界に向かって羽ばたいていく人じゃないかって、私、前野くんのことを思ってたのよ」

「私も、そう思ってた」

夏絵も言った。

「私も」

真弓も言った。

自分がそんな風に思われているなんて、ぼくには意外だった。会社を辞めて、家の手伝いをすることを決めたときも、ぼくには、ほとんど抵抗がなかったのだ。自分が思っている自分と、他人が思っている自分。どっちが本当の自分なのだろうか。

「前野くんは、人生を小さくなんかしてないわ」

伸子が抗議するように言った。橋にいたみんなが伸子を振り返ったほど、強い言い方だった。

「地元で結婚したからって、人生が小さくなるわけじゃないわよ」

伸子は真剣な顔で言っていた。伸子が、なぜそんなにムキになるのか、ぼくには理解できなかった。

「世界に向かって飛び出していったからって、人生が大きくなるってわけじゃない。夏絵の人生だって、決して小さくないと、私は思ってるのよ。平凡って、偉大なことだと思う」

「私は、伸子にほめられるような生き方はしてないから……」

夏絵が言って、チラと川口を見た。川口も視線を合わせる。

「でも、私は人生に満足してる」

夏絵が小さい声で言った。その言葉の本当の意味は、伸子には分からなかっただろう。

ぼくは、そのときに、川口の妻と夏絵の夫の顔を思い浮かべていた。どこか神経質そうな川口の妻、どこをとっても地味な感じの夏絵の夫。今の言葉を、あの二人は、どんな風に聞くのだろうか。

「前野くんのことで、いやにムキになるじゃない、伸子?」

香織がからかった。

「前野くんのことで言ってるんじゃないわ」自分がムキになっていたことに初めて気づいたように、仲子が恥ずかしそうに笑った。「自分のことよ」

「自分のって？」

「平凡な人生を生きたいって、私は、今凄く思ってる」仲子が、ぼくを見つめてくる。

「さっさと会社を辞めて、家業を継いだ前野くんが、私には羨《うらや》ましいの」

「自分もそうすればいいじゃないか。仲子のところこそ、両親が家業を継いでほしいって思ってるんだろ？」

川口が言った。

「私には才能がないの」

「何の？」

「平凡な人生を生きる才能」

5

「平凡な人生も生きられない。そんな人間は、どうすればいいんだよ」

竹井がヤケクソのように言った。

「あなたは、平凡な人生を生きることを、自分から拒否したんじゃないの。西条は、結局平凡な人生しか生きられないって、あなたは思ってるんでしょう？」

香織が、竹井に向かって、驚くほど厳しい言い方をした。

「西条は平凡じゃないじゃないか。あんな金持ちのお嬢さんと結婚したんだから」

児玉が言った。

「この人は、西条が、決められたレールに乗っただけだって思ってるのよ。自分は、そんな生き方はしないって、そう思ってる。西条がテーブルに回ってきたときに、そう言いたかったんでしょう？」

あのときの二人の視線に、香織は気づいていたのだ。

「私は、そんな風に突っ張ってる竹井が好きだったのよ。自信をなくして、グチグチ言ってる竹井を好きになったわけじゃないわ」

竹井が黙ってしまった。

「香織みたいな女と暮らせただけでも、平凡な人生じゃないよ、竹井」

川口が、半ばからかうように、半ば真面目《まじめ》な顔で言った。ぼくは、ジャズダンスの教室で踊る香織の肉体を思い出していた。あの体と暮らしているだけで、波瀾万丈《はらんばんじょう》の人生が待っている。ぼくにも、そんな風に思えた。

児玉が、みんなから離れて橋の欄干に飛び乗った。そのまま歩いていったが、二年目の夏に経験していたことなので、誰もとめようとはしなかった。

「犀川で会った男、誰なんだよ」

児玉の行動を見ながら、ぼくは、言わなくてもいいことを言っていた。あの男が原因で竹井との間がうまくいかなくなったのなら、竹井のためにも児玉のためにも、許せないような気がしてきたのだ。

「あんな男、なんでもないわ。ダンス教室のビルにある、クラブのマネージャーよ。女はみんな自分に惚《ほ》れるもんだって思い込んでいるような男。私を他の女と一緒にしないでって、あのときに言ってやったのよ」

そう言った後で、香織は、竹井に向かってはっきりと言った。

「私は、男が原因であなたと別れようとしているわけじゃないからね」

竹井は黙っている。みんなが竹井を見た。竹井は、丸めた背をみんなに向けて、ただじっと立っていた。そんな竹井は、ひどくみすぼらしく見える。

「香織が好きなら、もっと努力をしなきゃ」

夏絵が大人びた言い方をした。

「そうよ。高岡東の男子生徒が、みんな憧《あこが》れていたひとなんだから」

仲子も言った。

児玉が欄干の上を歩いていく。香織が追いかけていった。

「ひとりで何してるのよ、知巳？」

児玉は、そのまま歩いていこうとする。香織が、その足をつかんだ。

「降りな」

「よせよ」

児玉の体が揺れた。

「落ちたら、一緒に落ちてあげる」

香織は足を離さなかった。

「よせ」

児玉の体が不安定に揺れる。ぐらりと傾いて、香織の方に倒れかかった。香織が、両手をひろげて、児玉の体を支えようとしたが、香織が思っている以上に児玉の体が重たかったのだろう。香織は、児玉と一緒に橋の上に転がってしまった。ピンクのフレアースカートが、橋の上に華やかにひろがった。

ぼくたちが歩いていくと、児玉がスカートの上から慌てて起き上がった。

「意外と重いんだ、知巳」

起き上がった香織のフレアースカートの汚れを、伸子が払ってやった。

「いいのよ、安物だから」

香織は乱暴にスカートをはたいた。

「ふざけるなよ」

児玉が怒ったように言って、また欄干に飛び乗った。

「頑張んな。知巳」

香織が、もう追いかけようとはせず、児玉の背中に向かって言った。

「負けるんじゃないよ、現実に」

その言葉は、竹井にも向けられているような気がした。

香織の目に暗い情熱が宿っている。そんなときの香織は、最高に美しく見えるのだ。

「負けるんじゃないよ」

香織は、もう一度言った。その言葉は、児玉に向けられているようにも、竹井に向けられているようにも、香織自身に向けられているようにも聞こえた。

6

夏絵が、西条の結婚式の話をはじめた。橋の上に漂っていた濃密な感情を風に流してしまう効果が、夏絵の話術にはあった。

夏絵は、驚くほど正確に、披露宴に出席していた人間の特徴をつかんでいたのだ。花嫁の母親の真似をしたときには、ぼくたちは思わず噴き出してしまった。花嫁のクセを再現してみせると、少し意地悪な性格までが露《あらわ》になっていった。西条の結婚生活は大変だと、ぼくらは笑いながら思ったのだ。

ぼくは、突然母のことを思い出していた。親戚《しんせき》の法事なんかに出ると、母も、親戚の人間のクセを驚くほど正確に真似してみせたのだ。どうでもいいような顔で聞いていた父も、最後には笑いだしてしまう。ぼくは不意に、母に恋人がいたらどうなっていただろうと、とんでもないことを思った。夏絵のように、一月か二月に一度ずつ会う恋人がいたら、母はどうなっていただろう。酒屋の女主人であることは変わらなかったにしても、母の人生は、大きく変わっていたにちがいない。

決められた人生を脇目《わきめ》もふらずに歩いていく。そんな夏絵が、自分から川口を誘って初体験をさせた。高校二年の秋、ぼくは、そのことに驚いたのだが、決められた人生を歩いていこうと心に決めていたからこそ、夏絵は、川口を誘惑したのかもしれない。そして、今も。

突然の変な思いつきが、ぼくを、夏絵に一歩近づけた。夏絵は、貫禄のある主婦のようでもあり、消えない情熱を燃やすひとりの女でもあった。

「五時の飛行機に乗らないといけないから」

仲子が時計を見て、バッグを手にした。

「もう、行くの？」

真弓が不満そうな顔をした。

「ゴメンね。空港まで行くのに、ここからだと時間がかかるじゃない？」

「そうだね」

「みんなに会えてよかった」

仲子がバッグを下げて、後ろ向きのまま橋を歩き出した。

「頑張って！」

香織が大きな声を出した。仲子は、それに応えるように手を振ってから、前向きに歩き出した。前を向いてしまうには勇気がいる、一瞬、そんな風に見えた。

盛装をしたぼくたちに見送られて、簡素な恰好の仲子が橋を歩いていく。

「仲子、少しやせたな」

後ろ姿を見ながら、児玉が言った。ぼくも同じことを感じていた。やせただけではなく、今まで見たこともない頼りなげな雰囲気を漂わせている。それも気になっていた。仲子は、いつでも颯爽《さっそう》としていて欲しい。ぼくは、そう思っていたのだ。百メートルを疾走して、汗にまみれた顔の少女でありつづけて欲しい。疲れた肌の伸子を見たくはなかった。

「男が待っているのよ」

小さくなっていく伸子を見ながら、香織が断言するように言った。

伸子の姿が橋の上から消えてしまうまで、ぼくらは見送っていた。

香織の言うとおり、人生を小さくまとめてしまったのかもしれないと、ぼくは、そのとき思っていた。由美子と結婚する前に、伸子に向かって、自分の思いを告白すべきだったのではないだろうか。そうしたからといって、何も変わらなかったかもしれない。でも、長く抱きつづけていた感情を押さえたままで、見合いで結婚しようとしている自分は、やはり人生を小さくしているのかもしれない。

平凡って偉大なことよ。伸子は言った。でも、それは、平凡な人間の言うことではない。平凡でいられない人間の言うことなのだ。平凡な人間にとっては、平凡というのは、ただ平凡なことでしかない。

伸子の姿が、橋から消えた。

ぼくは、人生で一番大切なものを、そのとき永久に失ったのだ。

第六章　六年目の橋

1

西条が死んだ。

自殺だった。

ぼくたちが、そのことを知ったのは、内輪の葬儀が終わって、三日もたってからだった。

西条は、夫人の実家の敷地内にあるマンションで暮らしていた。養子縁組ではなかったが、実質的にはそれに近いものだった。西条の葬儀は、夫人の実家で、ほとんど誰にも知らされることなく、秘密のように行われたのだ。

西条のことを知らせてきたのは、竹井だった。夫人の実家の近所に、高岡東のクラスメートだった男がいて、密《ひそ》かに葬儀が行われたことを竹井に知らせてきたのだ。

自殺の理由は分からなかった。西条は何も残していかなかったらしい。らしいというのは、何かを残していたとしても、夫人の実家が公《おおやけ》にすることはないと思えたからだ。

世間体を気にする一家だった。そんな家から、経済的な援助も、自分の将来の保障も貰《もら》っていることがいやになったのだろうか。それなら、離婚でもなんでもすればいい。離婚すると、病院での地位は失うかもしれない。だからと言って、西条の医者としての人生が終わってしまうわけではないじゃないか。

ぼくは、竹井に向かって、そう言って怒ってみせた。怒ったところで、西条に届くわけではなかった。

竹井が、夫人の実家に電話をすると、遺骨は西条の実家にあるからと、冷ややかに言われたらしい。ぼくと竹井は、西条の実家に行って、小さな遺骨になってしまった西条に向かって手を合わせた。ぼくたちに出来たのは、それだけだった。

西条の家は、末広町で小さな旅館をやっている。地方をまわるセールスマンが常連のように来るだけの、小さな宿だった。いるらしい。夫人の実家で出資して、ビジネスホテルにすることも計画されていたことを、ぼくは、そのときに初めて知った。

「お世話になった榊原《さかきばら》さんを裏切《うら》るようなことをして……」

西条の母親は、死んだ息子を怨むような口ぶりだったのだ。榊原家が娘に大きな傷をつけられたと言って怒ってると、まるで西条が悪いことをしたように言っていた。ぼくも竹井も呆《あき》れたのだが、西条の父親は、それをどう思っているのか、黙って母親の言うことを聞いているだけだった。

　西条の死を理解しようとするものは、誰もいない。ぼくにも竹井にも、そんな気がした。せめて、ぼくたちが、西条を理解してやらなければと思ったが、理解する手立てになるものは何もなかった。

　西条の実家を出てから、ぼくと竹井は、東新庄にある榊原家まで行った。竹井が行こうと言ったのだ。

　榊原家は、薬医門のある大きな家だった。昔のままに残っているのは門だけらしかったが、なかの様子は、生い繁った樹に阻まれて、よく見えなかった。

　敷地をまわると、裏手に、タイル張りの三階建ての建物が見えた。それが、西条の新居だったマンションなのだろうか。

　竹井は、タイル張りの建物に向かって、大きな声で叫んだ。

「西条!……西条!」

　ぼくはやめさせた。そんなことをしても、西条がもどるわけではない。

「だから、おれは、あんな結婚をするなって言ったんだ」

　竹井は、歩道の縁《へり》に座りこんで泣いた。

2

その夜、香織から電話があった。

「西条が死んだんだって!?」

「知らなかったのか?」

「デパートの同僚たちと、オーストラリアに旅行にいってたの」

「そうか……」

「帰ってきたら、留守番電話に竹井からの伝言があった」

香織と竹井は、去年の暮れに同棲《どうせい》を解消して別々に暮らしていた。

「竹井と二人で、西条の実家に行ってきたんだ」

「そうだってね……私も、今、行ってきたの……それにね」

香織の声がつまった。

「どうした?」

「西条の声が留守番電話に入ってたの」

「何て!?」

「香織、元気かって、それだけ」

「…………」

「私が旅行にいかなかったら、西条は死んでなかったかもしれない」

「そんな風に思うのはよせよ」

ぼくは強く言った。自分を責めて見たところで、西条が生き返るわけではない。

「うん」

と、香織は素直な声を出したが、心の中ではその思いが消えないらしかった。

「私、何でもしてあげたのに。西条が生きる力を失くしていたのなら、何でもして生きる元気を与えてやったのに」

電話の向こうで、啜《すす》りあげる音が聞こえた。

「遅くて悪いけど、今から会えない？」

涙を押さえるようにして、香織が言った。

「いいよ」

「奥さん、大丈夫？」

「こんなときだもの」

ぼくは、春に由美子と結婚していた。披露宴には、西条も竹井も香織も真弓も夏絵も川口も児玉も、東京にいる伸子以外は、みんな来てくれたのだ。

そのとき、西条は、ひどく元気だった。今になって思うと、普通以上のはしゃぎぶりだったような気がする。でも、そのときは、西条が幸福にやっているのだと、みんなが思ったのだ。

「西条のことで出かけてくる」

ぼくは、由美子に言って車を出した。

どこへも出たくないと、香織は言っていた。香織の気持ちが分かったので、家まで行くと、ぼくは言ったのだ。香織は、竹井と別れてから、金沢に部屋を借りていた。香織の部屋に行くのは初めてだったが、夜遅く女性の家に行くことに、ぼくは何のためらいも感じていなかった。西条の死のショックが、そんなことを思う余裕を失わせていたのだ。

兼六園の裏手にある小さなマンションに、香織は住んでいた。坂の途中にあって、勤めている香林坊《こうりんぼう》のデパートまで、歩いても十五分ほどの距離だと言っていた。

ドアをノックすると、泣きはらした顔の香織がドアを開けた。玄関に通勤用だという自転車が置いてあった。香織は、ぼくの顔を見ると、無理に笑ってみせた。

「ゴメン、こんなに夜遅く」

「ひとりなの?」

ひょっとすると竹井が来ているのではないか、そんな気がしたのだ。

「竹井も呼ぼうと思ったんだけど、今、あいつに会っても、気持ちが重くなるだけだからね」

「そうか……」

二間だけの小さな部屋だった。キッチンのある四畳半に、食卓テーブルが置いてある。向こうの部屋は、大きなベッドが占領していた。ぼくは、初めて、女性の部屋に来たのだということを自覚したのだ。

「何か飲む？」

「ああ」

「ビール？　テキーラもあるけど」

「テキーラ？」

「暑い日に、グイッてやって寝ると、よく眠れるのよ」

香織が笑いかけて、何のためにぼくが来たかを思い出したように、すぐ笑顔を消した。

「何で死んだんだと思う、西条は？」

ビールを口にしてから、ぼくは言った。今さら話題にしても仕様がないことだったが、避けては通れない問題でもあった。

「あいつは自分の人生がいやになったんだって、竹井が言ってた。これから、どんなに出世していこうとも、自分の人生が面白くないことが分かってしまったんだって……西条は、生きることそのものがいやになってしまったんだ。生きるエネルギーを失くしてしまったんだと思うって」

「そうか……」

「斜《しゃ》に構えているようで、あいつは意外に純粋なんだって、竹井は言ってた。竹井と西条は、しょっちゅう言い争っていたけど、お互いのことを凄《すご》く理解していたからね」

「そうだな……」

「純粋さなんか、生きていくことの邪魔になる。西条は、そう自分に思い込ませて、逆の人生を生きようとした。それが、どこかでいやになってしまったんだろうって」

「…………」

「おれは、ただ、自分の力がなくてフラフラと生きていただけなんだけど、西条には、純粋さを守りつづけているように見えていたんだろうって。お前のような純粋さなんか何の役にも立たないって言いたくて、西条は、自分に合わない人生を生きつづけてきたんだって、竹井は言ってた」

「うん……」

「竹井の勝手な思い込みかもしれないけどね」

「でも、そんなことで人は死ぬのか？」

　ぼくは言った。

「前野くんには分からないわよ。自分の人生がいやになったことなんかないから……でしょう？」

「香織にはあるのか、そんなときが？」

「あるわよ。ある日、ふっとね、自分の人生がすべていやになるの。生きていくのがいやになって、生きる力が体から失くなっていってしまうの。そんなときにね、死神がちょっと背中を押すと、ひとって簡単に死んでしまうんだよ」

　そんな経験が一度もなかったぼくには、言葉としてしか理解できないことだった。

「寒くない？」

「少しね」

　香織が、リモコンで冷房を少し落とした。

「本当は、ガンガンに部屋を冷やして、蒲団《ふとん》にくるまって寝てしまいたいような心境だったの」

　香織は、小さなグラスに入れたテキーラを飲んだ。

「変だね。暑い夏の日に、部屋を冷やしてテキーラを飲んでいるなんて」

「飲みすぎると、逆につらくなるよ」

ぼくが言うと、

「そんなやさしいこと言わないでよ、前野くん」

香織は、泣き出しそうな顔で笑ってみせた。

3

「私、西条に騙《だま》されてたのよ」

「騙されてた？」

「西条が見せかけていたものが本当の彼だって、私、思っていたもの」

ぼくも、そうだった。一昨年の夏、西条の目に暗い情熱が漂っているのを見るまでは、物事を斜めに見て得意がっている皮肉屋としか思っていなかったのだ。

「西条が無理をしているのは分かっていた。でも、彼が、こんなに純粋さを隠してるなんて、思ってもいなかったの」

「人は、見せかけだけで生きられるわけじゃないよ。西条の生き方も、彼自身がそうしたいと思ってしてきたことなんじゃないか？　西条がいやいやしたことではないと思うよ」

「彼の実家に行ったんでしょう、前野くん？」

「竹井と一緒にね」

「両親が、西条の死を少しも理解してやろうとしてないって、竹井が怒ってた」

「うん。おれも凄く腹が立った」

「西条のお母さんはね、金沢の大きな旅館の次女なのよ。長女がお婿さんをもらって、旅館を継いだの。お母さんは、結婚して西条の家に来たときに、家と土地を売って、もっといい場所で旅館をしたいって言ったらしいの。商人宿なんかいやだって。でも、お父さんが派手なことの嫌いな人だったの。そのことをずっと、お母さんは不満に思っていたんだって。こんなボロ旅館やってたって仕様がないじゃないのって、お父さんと喧嘩《けんか》をするのを、子供の頃に見たことがあるって、西条が言ってた」

「そうなのか……」

「お姉さんとの対抗意識が強かったんだと思う、西条のお母さん……末広町なんかの小さな旅館の女将《おかみ》で終わってしまった自分が、ずっと我慢できなかったのよ」

　初めて聞くことだった。

「西条のお父さんは、旅館をやるかたわら、富山の古文書を買い込んで、自費出版で郷土史を書くのが趣味みたいな人でしょう?」

　西条の父親が書いたという書物を、文苑堂の郷土出版物のコーナーで見たことがあった。

「そんなお父さんが、お母さんには気に入らなかったらしいの。お母さんの人生の不満を全部引き受けて、西条は生きてきたんだと思う。お母さんを満足させるために医学部にもいったし、市民病院に就職もしてみせたのよ。医局長の娘との結婚も、どこかでお母さんを満足させようという意識があったんだと思う」

「母親を満足させるために生きたって、悪いことじゃないだろう」

「お母さんが子供を愛していればね」

「え?」

「お母さんは、西条のことを愛していなかったと思う」

「…………」

「自分の世界に閉じこもってしまったお父さんも、そうだと思う」

「西条は、自分を愛してない親のために、人生を費やしたって言うのか?」

「親って、必ずしも、子供を愛しているとは限らないのよ」

「え?」

「うちの父も母も、私のことを愛していなかった」

「…………」

「前野くんには理解できないことでしょうけど」

「うん」

親が子供を愛してないなんて、ぼくには信じられないことだった。

「西条は、お父さんとお母さんの間で、引き裂かれて生きてきたんだって、竹井が言ってた。お母さんの希望を満たしたとたんに、それが自分の人生ではないことに、西条は気づいたんだって」

「……………」

「誰かを憎んでないと、自殺なんかできないって言うじゃない？　自殺って、ほんとは攻撃的なものだって」

「うん」

「西条は、お母さんを憎んでいたと思う」

4

思ってもみなかった西条の人間像だった。でも、西条の死が、自分に対する裏切りであるかのように怒っていた母親と、そばで黙って聞いていた父親を思い浮かべると、充分に信じられる話だった。

「竹井に、どうしてもっと早く西条のことを言わないのよって、私、怒ったんだ」

香織は、小さいグラスにまたテキーラを注いだ。

「西条のこと、そんなに分かっていたなら、どうしてもっと早く言わなかったのよって」

「なんて言ってた、竹井?」

「早く言えば、私が、西条のことを放っておけなくなるからって」

香織の性格を考えると、充分にあり得ることだった。

「西条のことが分かっていたら、私、彼にあんなこと言わなかった」

「あんなことって?」

「あなたが望んでいることは、医局長の娘と結婚して、私を愛人にすることよって」

「西条は、本当にそれを望んでいたかもしれない……」

「ううん……西条は、本気で私のことを好きになりたいと思ってたんだと思う」

「じゃ、なぜ、あんな結婚をしたんだ?」

「お母さんのためよ。本気で私のことを好きになって、お母さんを裏切ってやろうと思いながら、結局、出来なかった。彼は、心の中でブレーキをかけたのよ」

「自分を愛してくれてない母親になんか、気をつかうことないじゃないか」

「親が自分を愛してないなんて、そう簡単に分かることじゃないでしょう? 西条は、死ぬ前になってやっと分かってきたんだと思う」

「…………」

「自分が誰にも愛されてないことが、西条には分かってきたのよ。留守番電話に入っていた西条の声は、私に対するラブコールに聞こえる。香織、元気か……本当は、愛してくれ、香織って、言いたかったんだって気がする」

香織は目を押さえた。しばらく、そのまま動かなかった。何もできなくて、ぼくはビールを飲んだ。香織は、テキーラをもう三杯も小さなグラスに注いでいたが、ぼくの缶ビールは、まだ半分も空いていなかった。

「死んでしまってから、いろんなことが分かってくるなんて、切ないわね」

香織が、涙で濡《ぬ》れた顔を上げた。

「西条の両親は、死んでも西条のことを理解しようとしてないと思う。こんなに深く理解してくれてる友達を持って、西条は幸福なんじゃないかな」

「死んでから理解しても仕様がないじゃない！」

香織が叫ぶように言った。ぼくは、香織を見ていられなくて、またビールを飲んだ。ぼくの西条を思う気持ちは、香織とは比較にならないほど小さかったのだ。

「ゴメン」香織が言った。「せっかく来てもらったのに、前野くんのこと怒ったりして」

「いいよ」

「前野くんになら何でも言えるって、そんな気がしたの」

香織は、冷蔵庫にビールを取りにいった。

「どうして?」

「高校のとき、ゴールキーパーをしてたじゃない、前野くん」

ぼくは、サッカー部で二年のときからゴールキーパーをしていた。高岡東は、富山県でもベストファイブに入る、結構強いサッカー部だった。

「女の子たち、あこがれてたのよ。前野くんのゴールキーパー姿に」

シュートを阻止したときに、黄色い歓声が上がるのは知っていた。でも、それがぼくに向けられていると思ったことは、一度もなかった。

「揺るぎがないって気がしてた、前野くんのゴールキーパーは。前野くんにまかせておけば安心だって、そんな気持ちにさせるものがあったのよ」

自分がそんな風に思われているなんて、思ってもいなかった。

「自分の人生をいやになったことなんかないでしょう、前野くんは?」

「そうだな」

「両親の愛情を疑ったことなんかないでしょう?」

「そうだな……単純なんだな、おれは」

会社を辞めて家業を継ぐときにも、何の疑問も感じなかったことを、ぼくは思い出していた。たった一度の見合いで、相手を気に入って結婚してしまっている。西条や香織が持っている人生に対する複雑な思いを、ぼくは何も持っていなかった。

「それがいいのよ、前野くんは。地に足をつけて、しっかり生きてるって感じがする」

「平凡なだけだよ」

「平凡って偉大なことよって、伸子が言ってたじゃない」

「うん」

「私も、そう思うもの」

平凡な人間にとっては、平凡とは、ただ平凡なだけだ。ぼくは、あのときに、そう思ったのだ。

「前野くんになら、何をぶっつけても平気だって気がしたの。ちゃんと受けとめてくれるって……だから、今日会いたかったの」

「そうか……」ぼくはビールを飲んだ。「来てよかったよ、おれも」

「バーゲンセールをすることがあったら呼んであげるって、昔、言ったことおぼえてる?」

香織が濡れた目で、ぼくを見てきた。

「ああ……弥生の葬式の帰りにね。最初にみんなが橋で会ったときだ」

「西条は、自分の人生を高く売ろうとしたんだと思う。そして、それに失敗したのよ」

「…………」

「安売りしてれば、私が買ってあげたのに」

「…………」

「そうしたら、彼は、もっと長く生きてられた」

香織が立ち上がった。ビールを取りにいくのかと思って、

「まだあるよ」

と、言おうとしたら、香織は、そのままテーブルを回ってぼくの方に来た。

「抱いて」

ぼくの前に立って、香織は言った。

「え？」

「私に生きていく力を与えて欲しいの」

香織は、ぼくの膝《ひざ》の上に腰を落とした。甘い匂《にお》いに混じって、かすかにテキーラの匂いがした。

「そうしないと、私は、ロクでもない男に自分を売りそうな気がする」

香織は、ぼくにしがみついてきた。

「よせよ」

ぼくは、そのままの恰好《かっこう》で言った。無理に押し退《の》けるのは、香織に悪いような気がした。西条の死のショックで、香織がどうしていいか分からなくなっているのは、よく分かっていた。

香織は動かなかった。ぼくも、そのままじっとしていた。

「よせよ」

ぼくは、もう一度静かに言った。

香織が、ぼくの肩に押しつけていた顔を起こした。ぼくの目の前に、香織の顔がある。そんな近くで香織の顔を見たのは、初めてだった。切れ込んだ目のライン、すっきりと伸びた鼻、大きめの柔らかな唇。すぐそばで見ても、価値が減ることのない美しい顔だった。

「きみは、自分の美しさを安売りしている。自分が、どんなに美しいか知らないでいる」

ぼくは、ずっと思っていたことを言った。

「きみは、人生も安売りしている」

香織が、ぼくの膝から立ち上がった。香織の胸のふくらみの刺激を、体が離れた後になってから、ぼくは感じた。胸のふくらみと同じように、香織の体の甘い匂いも、離れてしまってから強い刺激として感じていた。

「さすがに県下一のゴールキーパー。無駄なシュートには引っかからないのよね」

香織が笑った。

「おれは、きみが好きだ。きみのことを凄くきれいだと思ってる。でも、そんな風に人生を安売りするきみは、好きじゃない」

ぼくは、はっきりと言った。

「きみほどきれいなら、何でもできるのにって、ぼくは、いつも思ってたんだ」

「そう……」香織が小さな声で言った。「きれいな羽根を持っていても、飛べない鳥もいるわ」

そのとき、電話が鳴った。

「竹井からだと思う」

香織は出ようとしなかった。電話が鳴りつづけている。

「今、竹井とは話したくないの」

5

電話は切れようとしない。ぼくも、竹井からだと思った。

「出てもいいか？」

香織が首を縦に振る。ぼくは受話器を取った。

「もしもし……」

竹井の声だった。

「前野だ」

と、言うと、

「何をしてるんだ、そこで？」

「香織が話をしたいって言ってきたんだ」

「香織、いるのか？」

「うん……でも、今日は、お前と話したくないって言ってる」

ぼくは、そのまま伝えた。

「そうか……」

竹井にも、その気持ちは分かるらしかった。

「西条のことで分かったことがあったって、香織に言ってくれ」

「うん」

「市民病院で、患者が医療ミスで病院を訴える事件があったらしいんだ」

「うん」

「西条は、それが病院のミスであることを知っていたらしい。でも、西条は、それを押さえ込む側に回ってしまった」

「それが自殺の原因だっていうのか？」

「原因のひとつにはなったかもしれない」

「香織に、それを伝えればいいのか？」

「いや……香織に言いたかったのは、別のことだ」

「何だ」

「おれは、西条の分まで生きていくって、そう香織に言ってくれ」

電話は、それで切れた。

竹井の言葉を、そのまま香織に伝えた。

「竹井が、そう言うと思った」香織は淋《さび》しそうな笑顔を見せた。「今になって何をしても、もう遅いのにね」

それから、ぼくを見て、もう一度笑ってみせた。

「ゴメンね。いい奥さんがいる人に、余計なことをして」

「女房がいるから断わったわけじゃない。それは分かってほしい」

ぼくは真剣な顔で言った。

「うん」

香織が小さく答えた。ぼくは立ち上がった。

「そろそろ行くよ」

帰る潮時だと思った。

「ありがとう」

と、香織が言った。香織をひとりにしたまま、すぐには出ていけなくて、ぼくは関係のないことを聞いていた。

「きみと児玉とは何かあるのか？」

「え？」

「昔、言いかけて、そのままになってしまったことなんだ」

「ああ……聞きたい？」

「うん……」

「私の心の中には、もうひとりの別の私がいるの。コンプレックスを抱えて、背中を丸めている小さな私が」

高岡東の男生徒の注目の的だった香織が、コンプレックスを抱えているなんて、ぼくには信じられなかった。

「児玉の中にも同じような、小さな児玉がいるのよ。小さいもの同士が、ときどき手を繋《つな》ぎ合いたくなるの」

「そうか……」

「前野くんには分からないことかもしれないけど」

「半分しかね」

「前野くんの心の中には、別の前野くんがいたりしないでしょう？」

「そんなこと考えたことないよ」

「前野くんの中にいるもうひとりの人間は、やっぱり前野くんなのよ」

「金太郎飴《あめ》みたいじゃないか。どこを切っても同じ顔が出てくる」

「そうよ。だから、どっしりした安心感があるんだもの」

香織が笑った。淋しそうな笑顔だった。香織を抱けばよかったと、一瞬思った。誰かに、しっかりと抱きしめてほしい時がある。今の香織には、そうしてくれる人間がいないだけなのだ。しっかりと抱いてもらって、安心感を得られる人間が、ぼくしかいないということなのだ。

「行くよ」

ぼくは言った。

「ゴメンね」

香織が、もう一度言った。

「いや……おれの方こそ悪かった」

そう言って、ぼくは香織の部屋を出た。

金沢の市街を抜けて、県境の倶利伽羅《くりから》峠を越えて、高岡に向かった。県境近くの道に、モーテルが並んでいる。峠にさしかかると、家の灯がひとつもなくなった。山間《やまあい》の道を走って、ぼくは、カーラジオをつけることも忘れていることに初めて気づいた。

暗い車内に、甘い匂いが漂っている。シャツに付いた香織の匂いだろうか。それとも、記憶の中に残っている、甘い肉体の匂いだろうか。

高岡の家に着いたときには、二時になっていた。ぼくが部屋に入ると、ベッドから由美子が顔を起こした。

「お帰りなさい」

「うん……」

ぼくは、すぐにベッドに入る気持ちになれず、リビングの冷蔵庫から水を出して、一杯飲んだ。

「みんな、つらい思いをしてるんだよ」

グラスを手に、ぼくは寝室に入っていった。ぼくの言い方は、言い訳じみていたかもしれない。言い訳することなんか何もなかったのに。

「竹井さんは来てたの？」

由美子が聞いた。

「いや、来てなかった」

「そう……」

と、由美子は言って、ベッドに頭を下ろした。そのときは何も言わなかったが、ぼくの体に漂っていたトワレの匂いと、ポロシャツの襟にかすかについたルージュの痕《あと》を、由美子は見逃していなかった。

6

その年の夏、橋に来たのは、ぼくと夏絵だけだった。

仲子は、海外に出張中だという連絡が、香織のところに入っていた。真弓も、北海道に旅行にいってるらしいと、香織が言っていた。

「男と一緒だと思うんだけど、どっちの男か分からない」

本命の男か、もうひとりの男か。両方とも別れたと、真弓は言っていたのだ。

児玉は、またロスに行っていた。竹井は、連絡がなかったから来るつもりだったのかもしれないが、結局来なかった。

「川口は、朝日町の中学に異動になったの」

夏絵が言った。朝日町というのは、富山県の東部で、新潟県との境にある町だ。

「今日は研修があって来られないから、前野くんによろしくって」

「そうか」

「自分から希望を出したのよ、川口は」

「どうして？」

川口も、夏絵と別れたのだと思った。そのために、市内から遠く離れた学校に異動していったのだと。

「前野くん、私たちのこと知ってるんでしょう？」

夏絵が言った。

「ああ」

「前野には話してあるからって、川口が言ってた」

それを聞いて、ぼくは安心して質問をぶっつけた。

「きみと別れるために、遠くの学校に行ったのか、川口は？」

「ううん……それとは、逆」

「逆って？」

「近いところに住んでいると、二人の関係がバレるじゃない。だから、彼は遠くに行ったのよ。遠くといっても、車だと一時間もかからないから」

「きみとの関係をつづけるために、川口は、遠くの学校に異動していったのか？」

「そうよ」夏絵はさらりと言ってのけた。「私たち、ずっと、このままでいようって約束したの」

何も言葉がなかった。日傘を通してくる夏の日差しに、夏絵の顔が淡い緋色《ひいろ》に染まっていた。うっすらと汗をかいている夏絵の肌は、子供が二人いる母親とは思えない。町ですれ違ったら、男たちがきっと振り返るだろう。夏絵をそんな眼で見たのは初めてのことだった。

「おれには理解できないんだ。きみと川口の関係は」

ぼくは言った。

「前野くんが理解しなくてもいいの」

夏絵は笑った。自信のある柔らかな笑顔だった。

「私、誰にも理解してもらおうなんて思っていない」

夏絵が、そんなことを言うなんて、高校時代に思っただろうか。私の体の中には、別の自分が住んでいると、香織は言った。夏絵の体の中にも、もうひとりの夏絵が住んでいるのだろうか。決まった人生を脇目《わきめ》もふらずに歩いていくように見えていた夏絵の体の中に、他人とは違う人生を堂々と生きてみせると思っている、もうひとりの夏絵がいるのだろうか。

仲子も、そうなのだろうか。仲子の心の中にも、もうひとりの仲子が住んでいるのだろうか。ぼくが小説に書いた、汗にまみれて百メートルを疾走する少女は、ぼくの幻想に過ぎないのだろうか。

「川口も、そう思ってる。誰にも理解してもらえなくてもいいって」

夏絵は、はっきりと言った。川口の中にも、もうひとりの川口がいるのだろうか。いつまでも、童顔でいる川口の中に、ぼくの理解を越える、もうひとりの川口が。

ぼくと夏絵は、しばらく橋に立っていた。夏絵と話すことは、ほとんどなかった。ぼくとは一番遠いところに、夏絵はいたのかもしれない。

三十分ほど橋の上にいて、誰も来ないことを確認してから、ぼくと夏絵は橋を去った。

第七章　七年目の橋

1

その年、橋に行く前に、ぼくは、由美子と小さないさかいをした。

「橋に行ってくる」

と、言うと、由美子が、ふっと向こうを向いてしまったのだ。

「どうした?」

と、聞いても、背中を向けたままでいる。

「どうしたんだ?」

ぼくは、もう一度聞いた。由美子は、感情を押さえ込んでしまう性格ではない。ぼくにも、ぼくの両親にも、言いたいことはちゃんと言う方だ。

「帰ってきたとき、あなたのポロシャツの襟に口紅の痕《あと》があったのよ。香水の匂《にお》いだってしたわ」

黙りこんでいた由美子が言った。去年の夏、夜遅く香織のところに行ったときのことだ。由美子の心に、一年間押し込まれていた感情があったことを、ぼくは、そのとき初めて知ったのだ。

ぼくは、その夜のいきさつを由美子に話した。香織とは何もなかったことを。香織が、ぼくを誘惑したのは、西条の突然の死で、自分でもどうしていいか分からなくなっていたからだということを。

「私、香織さんのことで嫉妬《しっと》してるんじゃない」

由美子は言った。

「じゃ、何なんだ？」

根拠のない疑惑を突然言い出されて、ぼくは不機嫌になっていた。

「あなたが、私には理解できない世界を持っていることが、つらいのよ」

由美子が拗《す》ねた顔になった。

「お前だって、同窓会があれば行くだろう？　それと同じことだよ。同窓会に行くことに文句を言われたって、おれにはどう仕様もないね」

ぼくは、そっけなく言って家を出た。由美子の嫉妬に根拠がないわけではないことは分かっていたが、顔に出てしまった憤懣《ふんまん》を、すぐには消せなかった。

橋の上の集まりは、単なる同窓会ではなくなってきている。橋の上で、いろんなことがあった。いろんな思いが、あの橋で交錯していった。同窓会と同じだと由美子には言ったが、一年に一度の出逢《であ》いは、自転車通学をしていた同級生の親睦《しんぼく》の集まり以上のものになってきていた。

由美子は、自分も橋に連れていって欲しかったのだと思う。どんな顔触れがそこにいるのか、その連中と、ぼくがどんな絆《きずな》を持っているのか。それを知りたかったのだと思う。由美子の気持ちは理解できた。しかし、関係のない人間を橋に連れていく気持ちにはなれなかった。他の連中も、きっと、そうだと思う。

2

由美子といさかいをしたせいで、橋に着くのが三十分ほど遅れた。

土手を歩いていくと、橋の上に日傘が何本も見えてきた。香織と真弓に混じって、仲子の姿が見える。昔は際だって目立っていた仲子が、みんなの中に埋没してしまっていることに、ぼくは気づいた。仲子が放っていた輝きが薄らいだのだろうか。それとも、他の連中の輝きが強くなってきたのだろうか。

「珍しく遅いじゃない、前野くん？」

香織が真っ先に声をかけてきた。ジーンズに白いTシャツだけの、さっぱりした恰好《かっこう》だった。Tシャツの裾《すそ》をジーンズの中に入れているから、胸が余計に目立って見える。ぼくは、まぶしい思いで香織を見た。香織と会うのは、去年の夏以来初めてなのだ。

「きみのことで、女房がヤキモチを妬《や》いたんだよ」

二人だけなら、そう言って笑い話にしていただろう。しかし、伸子の前では触れたくない話題だった。

「私、西条くんのこと知らなかったのよ」

伸子が申し訳なさそうに言った。

「私も……」

真弓も言った。

「みんなに言って歩くことじゃないからね」

香織が、わざとそっけなく言った。

伸子は、淡いベージュのサマーセーターに白いパンツを穿《は》いている。少し瘠《や》せたように見えたが、一昨年の肌の荒れは見られなかった。

「西条くんが自殺するなんて思ってもみなかった……」

真弓が小さなため息をついた。細かな花模様のついたアクアブルーのシャツを着た真弓は、とても爽《さわ》やかな感じがした。この何年か、真弓にまといついていた苛立《いらだ》ちが、顔から消えたような気がする。

「去年、この橋に来たのは、おれと夏絵だけだったんだ」

ぼくは、橋の上のみんなに言った。児玉が欄干の上に腰を下ろしている。竹井は、みんなから離れたところにいて、ぼんやりと川を見下ろしていた。

「私、来ようと思っていたんだけど、つらくて来られなかったの。竹井も同じだったらしい」

香織が、竹井を振り返った。

「これで二人減ったよ。この橋で通《かよ》っていた人間が」

児玉が言った。最初のきっかけを作った弥生。それから、西条。自転車通学をしていた十人の中から、二人の人間がいなくなってしまった。

「不吉な言い方をするんじゃないの、知巳」

香織が、児玉の頭を腕で抱え込んだ。

「よせよ」

児玉が、香織の腋《わき》の下から声を出している。香織は、かまわず児玉の頭を締めつけた。

ぼくたちは黙ってそれを見ていた。香織と児玉のふざけあいには、みんな慣れてきていた。

「よせ」

児玉がやっと頭を抜いた。

「どうしてるんだ？」

息を弾ませている児玉に、ぼくは聞いた。

「九月からロスのフィルム・アカデミーに入ることになったよ」

児玉が、抗議するような目で香織を見ながら言った。

「知巳の英語、なかなかのものなんだよ」香織が口をはさんできた。「ちょっと喋《しゃべ》ってみなよ、知巳」

「いやだよ」

「いいから、喋りな」

香織の命令を拒むわけにはいかないという顔で、児玉がしぶしぶ英語を口にした。

「I am glad to see my classmate」

児玉の発音は、学校で習ったものとは全然違っていた。

「やるじゃないか」

ぼくは言った。

「そうでしょ？」

香織は、自分のことのように自慢をしてから、弟に言い聞かせるような口調になった。

「しっかりしないと、もう三十越したんだからね、知巳」

「お前だって、しっかりしてないじゃないか」

児玉が言い返した。

「三十になるなんて思ってもいなかったね」

香織が、伸子や真弓に笑いかけた。

「そうよね」

伸子が舌を出した。伸子は、ときどき、意味もなく剽軽《ひょうきん》な動作をする。そのたびに、ぼくは、伸子を好きになっていったのだ。

「三十の人って、昔は、すごい大人だって思ってたじゃない？　でも、自分がなってみると、まだまだ子供なのよね」

真弓がため息まじりに言った。

「五十代の人間の心には、四十代の人間も、三十代の人間も、その前の人間も、みんな生きてるんだって、本で読んだことがあるよ。三十代になったからって、十代の自分が、どこかに行ってしまうわけじゃない」

ぼくは言った。

「全部引きずって生きてるから、厄介なのよ」

香織がジャズダンスのポーズで、ひょいと足を挙げてみせる。

橋の上に、やっと明るさがもどってきた。

3

ぼくは、川を見下ろしている竹井のそばに行った。

「よお」

竹井が欄干から振り返る。竹井と会うのも、あれから初めてだった。近くの町にいるのに、みんなと会う回数がだんだん減ってきている。

「西条のこと、香織から聞いたよ」

竹井は黙ったままでいた。

「西条があんなに悩みを抱えていたなんて、おれは思ってもいなかった」

「西条のことは、もういいよ」

竹井がそっけなく言って、また川を向いてしまった。話の接ぎ穂がなくなって、ばつの悪い思いをしているぼくのところに、伸子が近づいてきた。顔に、いたずらっぽい微笑が浮かんでいる。

「香織を振ったんだって、前野くん？」

「え？」

「きみは人生を安売りしてるって怒られちゃったって、香織が言ってたわよ。でも、嬉《うれ》しかったって」

香織の部屋であったことを伸子が知っているなんて、思ってもいなかった。伸子の顔に浮かんでいるのは好意的な微笑だったが、ぼくは、余計なことを喋った香織が許せなかった。

「怒ってるわよ、前野くんが」

ぼくの顔を見て、伸子が、香織に声をかけた。

「え？」

児玉をからかっていた香織が、ぼくたちの方に来る。

「人に話すようなことじゃないだろうが」

ぼくは強い口調で言った。

「ね、何のこと？」

真弓が、香織に聞いてくる。香織は、それを無視して、ぼくに言った。

「いいじゃないの、何もなかったんだから」

何もないからといって、人に喋ることはないじゃないか。よりによって、仲子に。ぼくの怒りは、すぐには治まらなかった。

「ね、何のことよ」

真弓の声が大きくなる。

「ああいうことはね、誰かに話して笑い話にしないと溜《た》まるのよ」

ぼくの気持ちも知らずに、香織は笑い声を立てた。それから、真弓に向かって、

「私が前野くんを誘惑したの。でも、ピシャリって断わられちゃった」

「え？」

真弓が、目を丸くしてぼくを見てきた。香織が誘惑をしたことに驚いたのだろうか。それとも、香織の誘惑を断わったことに驚いたのだろうか。

「私には香織の気持ちが分かるわ」

仲子が言った。今度は、ぼくが驚いて仲子の顔を見た。香織の気持ちが分かるということは、仲子も、ぼくを誘惑したい気持ちを持っているということなのか。

「自分がぐらついてるときって、前野くんみたいな人に、しっかりと抱きしめて欲しいのよね」

「でしょ？」仲子の同意を得て、香織の声に勢いがついた。「前野くんみたいな人に、し

っかりと抱いていて欲しいって思うときがあるわよね」

「ふーん」

真弓が、ぼくを見ている。ぼくに抱きしめて欲しい気持ちなんて、私には理解できないという顔だった。

「何かあったら私も、前野くんに抱きしめてもらおうかな」

伸子が言った。ぼくは、どういう顔をしていいか分からず、川の方を向いてしまった。

「伸子に抱いてって言われたら、私のときみたいに断わっちゃダメよ、前野くん」

香織が、そばに来て、ぼくの顔をつついた。どう反応していいか分からず、ぼくは、香織の指を邪険に払いのけていた。その勢いが強かったので、香織が驚いてぼくを見てきた。香織に悪いことをしてしまったような気がして、

「車を運転して帰りながら、香織を抱かなかったことを、おれは後悔してたんだよ」

と、ぼくは言った。嘘《うそ》ではなかった。金沢からのドライブの最中、ぼくは、ずっとそう思っていたのだ。香織の気持ちを受けとめてやるべきだったのではないかという後悔と、体に残っていた香織の甘い誘惑に対する未練で。

「あら、まあ」

香織が、外人がするように大きく手を拡げた。そして、伸子を見た。

「こういうとこが、前野くんのいいところなのよね。ちゃんと、私のミスをカバーしてくれるの」

「さすが名ゴールキーパー」

伸子も笑いながら言う。

「本当にそう思ったんだよ」

ぼくは、怒って言い返した。ぼくの心の中の切ない思いを少しも知らないで、伸子と香織が、ただ笑っているのが憎らしかった。

4

橋に来てないのは、川口と夏絵だけだった。

川口からは断わりの連絡が来なかったから、来るつもりではいるのだろう。児玉がロスに行ってからは、男の連絡場所はぼくのところで、女の連絡場所は香織になっていた。

「夏絵は来るの?」

ぼくは、香織に聞いた。

「昨日、電話があって、来るって言ってたわよ」

川口と夏絵が来れば、久しぶりに全員が揃《そろ》う。

「夏絵って、最近明るくなったわよね」と、香織が言った。「昔は、やたらと伸子に突っかかっていたじゃない?」

明るさの原因を知っているのは、ぼくだけだ。川口と夏絵のことをみんなが知ったら、どんな反応をするだろう。誘惑にかられる話題だったが、これだけは無断で言うわけにはいかない。

「川口、富山大学の先生たちと桜町の遺跡掘りに参加してるんだって」

石川県との県境の桜町で、縄文時代の遺跡が見つかって、大掛かりな発掘作業が行われていた。

「夏絵が自慢そうに言ってたのよ、夏絵と川口って、なんか夫婦みたいだね」

何も知らずに、香織は、その一瞬、川口と夏絵の秘密に触れていたのだ。

真弓が、竹井のそばに行って、何か話しかけている。

背中を向けている真弓の腰に、どっしりとした安定感があった。何年か前の驟雨《しゅうう》の中で、真弓は、どんどん少女の頃にもどっていくように見えていた。あのときの心細げな不安定感は、真弓の後ろ姿からは失われていた。

「結局、真弓は誰と旅行にいってたんだ?」

　ぼくは、香織に聞いた。自分のことを話題にされたのだから、真弓のことも聞いていいだろうと思った。

「前の男」

　香織が、あっさりと答えた。

「不倫の方？」

「そうよ」

「別れたって言ってたじゃないか、真弓？」

「そう簡単に別れられないわよ」

「そうか……」

「私、真弓に言ったの。無理しない方がいいよって」

「ふーん」

「無理して気持ちを押さえても、何の解決にもならないって」

「そうよね」

　伸子がしんみりと言った。

「ホラ、伸子だって思い当たることがあるみたい」

　香織が、からかった。

ぼくは、伸子を見た。伸子が輝きを失ったわけではないことを、ぼくは、そのときに気づいた。颯爽《さっそう》としていて、いつも目立っていたのは、その頃の伸子が、ただ一色の強い光を放っていたからなのだ。今の伸子の顔は、いろんな色を湛《たた》えていた。強く目立つ輝きではなくなったけれど、絡み合った色が複雑な光となって、柔らかな輝きを伸子の顔に与えていた。汗を滴らせながら百メートルのトラックを疾走する少女ではなく、複雑な人生を生きはじめている大人の女の輝きだった。

「別れようと思ってるのか、伸子も?」

ぼくは聞いた。

「そうじゃないけど……」

伸子が言葉を濁した。

「そうじゃないけど、何なんだ?」

ぼくは追及した。男のことで悩んでいる伸子を、いじめたい気持ちになっていた。

「私がいることが、あの人にはつらいのかなって、そう思ってるの」

「独身なんでしょう、相手は?」

香織が口をはさんだ。

「そう」

「じゃ、問題ないじゃない？」

「恋愛問題じゃないのよ。ＣＭをやっていると、ドキュメントや報道の世界って、純粋なものに見えてしまうの。向こうはお金だけの世界じゃないんだって、つい思ってしまう。その世界に入ると、結局はお金儲《もう》けだったり、妥協の世界だったりすることが分かってくるの。あのひとも、今それで苦しんでるのよ。同じように妥協をするのなら、お金が入ってくる方がいい。そう思いかけてるんだと思う。でも、私がそばにいると、そう簡単に敗北宣言してしまえないでしょう？」

「して欲しいの、伸子は、敗北宣言を」

「ううん。闘っていて欲しい。どんなに苦労をしてもいいから、あのひとには闘っていて欲しい」

伸子の顔が、いっそう複雑に輝くように思った。そのときに、ぼくの嫉妬は消えてしまった。伸子は自分とは遥《はる》か遠い世界に生きている、そう思った。在庫を確認し、伝票を書き、得意先に配達をする。ぼくの毎日は、その繰り返しなのだ。

「無理しちゃいけない。無理しちゃいけない。西条は無理をして、結局死んじゃったんだよ」

香織が、言葉を川に放り投げるような言い方をした。

竹井と話している真弓の後ろ姿が、さっきとは違っていた。背中に緊張感がある。

「真弓」

香織が声をかけた。耳に入ったはずなのに、真弓は振り向かなかった。

「真弓！」

伸子も声をかけた。

真弓がやっと振り向く。目が涙で濡《ぬ》れていた。

「どうしたの、真弓？」

香織がそばに行った。

「竹井くんから、西条くんのことを聞いていたの。私、西条くんのことを何も知らなかった」

「私もよ」

伸子が慰めるように言った。

「私だって知らなかったのよ。あんなにホレたのハレたのって言われながら」

香織も笑って見せた。

「竹井だけが分かってたんだよ、西条のことを」

ぼくも言った。

そのとき、橋のたもとにタクシーが止まったのだ。一瞬、西条が来たのではないかと、みんな思った。何年か前に、西条がタクシーで乗りつけて、竹井と揉《も》めたことがあった。

タクシーのドアの開くのを、みんなが息をつめて見守っていた。

タクシーから降りたのは、川口と夏絵だった。

5

いつか見た風景と、まったく逆だった。川口が腕に赤ん坊を抱いて、夏絵が横から日傘を差しかけてやっている。

「ヤッホー」

夏絵が大きな声で言って、手を振った。

「また生まれたのか、夏絵?」

二人を見ながら、児玉が、香織に聞いた。

「川口のところに子供が出来たのよ」

川口が幸福そうな顔で近づいてきた。

「女房が学科研修で蓼科《たてしな》に行っちゃったんだよ。家に置いておくわけにはいかないし、どうしようって夏絵に相談したら、連れてきなさいよって言うもんだから」

「可愛《かわい》いでしょう？　奥さんに似てよかったって、川口に言ってたのよ」

夏絵が、そばから川口の腕の中を覗《のぞ》き込む。女たちも、いっせいに赤ん坊に目をやった。

「川口くんに似てるわよ」

真弓が言った。

「似てる、似てる、目のあたりが」

伸子も言った。それからひとしきり、赤ん坊談義が女たちの間でつづいた。夏絵に赤ん坊をまかせて、川口が、ぼくのそばに来た。

「よお」

「いつ生まれたんだ？」

「去年の九月」

「そうか……」

「夏絵に聞いたよ。去年は、お前と夏絵だけだったんだってな」

「うん」

「今年は絶対に行こうって、夏絵と言ってたんだ」

「夏絵とつづいてるのか？」

ぼくは小声で言った。

「うん」川口も小声で答えてた。「おれには理解できないって、夏絵に言ったらしいな」

「言ったよ。誰にも理解してもらおうなんて思ってないって、夏絵は言ってた」

「そうか……」

「お前も、そう思ってるって」

「おれは、夏絵ほど覚悟ができてるわけじゃないけどね」

川口が照れたような笑顔を見せた。その顔を見ながら、ぼくは少し意地悪な質問をしていた。

「今でも夏絵は、お前にとっては、初体験のときと同じ夏絵なのか？」

「いや……」川口が言葉を切って、ぼくを見た。「あのときよりも、もっと素晴らしい」

「川口くん！」

夏絵が大きな声で呼んだ。

「ミルク、ミルク。お父さん！」

川口が、バッグの中から哺乳瓶《ほにゅうびん》を出して、夏絵の方にもどっていった。夏絵が、腕の中の赤ん坊に哺乳瓶を含ませる。誰も不思議に思わなかっただろうが、ぼくだけが複雑な思いで、その光景を見ていた。

川口の赤ん坊のことで、みんなが盛り上がっても、竹井はそばに来ようとしなかった。ひとり川を見下ろしたままでいる竹井に、ぼくは少し腹が立ってきた。西条のことがあったからこそ、今年は、みんなが橋に集まったのだ。それだけで、充分に西条に対する追悼になる。自分の気持ちに浸りきって、ことさら沈んだ空気を漂わせている竹井が、許せないような気がしてきた。

「いいかげんにしろよ」

ぼくは、竹井に声をかけた。竹井が振り返る。みんなも、川口の赤ん坊から目を離して、ぼくの方を見た。

「みんなで暗い顔をしても、西条は喜ばないよ。みんなが楽しい時間を過ごすのが、西条にとって一番いい供養なんじゃないか」

「お前は、すぐそうやってバランスを取りたがるんだよ」

竹井が言い返してきた。

「バランスを取って悪いのか?」

ぼくは、つい声を大きくしていた。

「人生にはバランスを取れないときがあるんだよ。バランスを取っちゃいけないときがあるんだよ!」

竹井の声も大きくなった。

「それなら、ひとりで橋に来ればいいじゃないか！」

「分かったよ……」竹井が欄干から離れた。「おれは、後でひとりでここへ来る」

竹井が歩きだそうとしたとき、香織が鋭い声を出した。

「竹井！」

竹井が足を止めた。きつい口調とは反対に、香織は、やさしい目で竹井を見ていた。

「西条のことは、もう忘れよう。私も、忘れる」

竹井が、みんなに背を向けて、また川に目をやった。腹立ちを口に出してしまって、どうしていいか分からないでいるぼくのそばに、香織が来た。体に触れるくらいの距離で立って、ぼくの腕を摑《つか》んでくる。

「西条の分も生きてみせるって、竹井は言ってたでしょう？」

「うん」

「でも、どうやっていいのか分からないのよ。だから、自分でも歯がゆいの」

「…………」

「それが解決しないと、みんなと一緒になってはしゃぐ気持ちにはなれないんだと思う。今年来ただけでも、竹井を許してやってほしいの」

「おれが許すとか許さないとか、そんなことじゃない……おれは、せっかくの集まりを楽しいものにしたかっただけだよ。それが、西条のためじゃないか」

「前野くんの気持ちも分かるけど、竹井の気持ちも、私には分かるの。竹井は、橋の上の集まりが楽しいものになるのが許せないのよ、西条のために……だから、許してやって」

香織は、最後の言葉を耳元で囁《ささや》くように言った。甘い匂いが漂ってくる。香織の肉体《からだ》の匂い。去年、ぼくの衣類に忍び込んできて、由美子とのいさかいの元になった匂い。甘い香りの中で、竹井に対するぼくの怒りは、あっけなく薄らいでいった。

そのとき、突然、大きな声がした。

「あいつは弱虫だよ！」

反対側の橋の欄干に腰を下ろしていた児玉が、みんなに向かって言ったのだ。

「何言ってるのよ、知巳？」

香織が呆《あき》れた顔になった。

「西条は弱虫だ」

児玉がもう一度言った。

「いろいろあったのよ、西条には」

香織が説得するように言った。

「でも、あいつは弱虫だ」

児玉が繰り返した。

「何も知らないで、偉そうなことを言うなよ」

反対側の欄干から、竹井が食ってかかった。

「何があったって、死ぬことなんかないんだよ！」

児玉が負けずに言い返している。

「いまさら、そんなことを言っても仕様がないじゃないの」

真弓が、児玉を非難した。ぼくも、そう思った。何を言っても、西条が生き返るわけではない。西条を弱虫だと言い切れるのは、竹井だけだろう。

みんなに視線を向けられて、児玉が欄干から飛び降りた。足を踏ん張って、仁王立ちになる。特別に小柄な児玉がそんな恰好をしても、滑稽《こっけい》に見えるだけだった。

「おれは、こんな体で生きてきたんだ。みんなにバカにされていることを知りながら、生きてきたんだ。その苦しみに比べたら、西条の悩みなんて、死ぬほどのものとは思えない！」

児玉は、仁王立ちで叫んだ。どう反応していいか分からずに、みんな黙って児玉を見つめているだけだった。児玉が、自分の体のことを話題にしたのは初めてだった。本人のいないところでも、児玉の体のことを話題にするものはいなかった。児玉の体のことは、一種のタブーになっていたのだ。そのことに、児玉が自分から触れている。香織でさえ、いつもの児玉を見る顔でなくなっていた。

児玉は引き締まった顔をしていた。強くなった。ぼくは、そう思った。みんなも、今、そう思って児玉を見ているだろうと思った。ロスで何があったのだろう。何が、児玉に、こんな強さを与えたのだろう。ひょっとしたら、児玉は自分の夢を実現させるかもしれない。ぼくは、そのとき思ったのだ。

横で、しゃくりあげる音がした。香織が、目に涙をいっぱい溜めて、児玉を見つめている。

「香織……」

伸子が、そばに行って香織の肩を抱いた。

香織がなぜ泣いているのか、伸子は知らなかっただろう。他の連中も、香織が、児玉に対する憐《あわ》れみで泣いたと思ったかもしれない。香織の心の中の小さな香織が、児玉に対して、精一杯の励ましの声を上げている。香織の涙の意味が、ぼくには分かっていた。児玉の中の小さな児玉と、香織の中の小さな香織が、しっかりと手を握りあっている。

伸子に肩を抱かれて、香織は、しばらく泣きじゃくっていた。

6

家に帰ると、裏の倉庫から由美子が飛び出してきた。

「お帰りなさい」

「ただいま」

出ていくときの由美子とは正反対の明るさだったので、ぼくは戸惑った。

「さっきはごめんなさい」

由美子が素直な声で言った。

「いや……きみの気持ちも分かるけどね」

「いいの、もう」

由美子は明るい声を出した。

「ほんとに、いいのか?」

ぼくはからかった。言いたいことを言って、何事にも根を持たない由美子が好きだった。その由美子が、家を出るときに、珍しく根に持った言い方をしてきたのだ。

「何かイライラしてたのよ、昨日から」

由美子は、倉庫から出してきたワインを棚に並べながら言った。ぼくも、そばに行って手伝った。最近、高岡でもワインが少しずつ伸びてきている。ぼくか由美子のどちらかが、金沢でひらかれているソムリエの教室に行こうと話していたのだ。

「二人で行ってきてもいいよ」

ぼくの母は言った。気に入りの嫁に、楽しい時間を与えてやりたいと思ってるようだった。

両手にワインを持ったまま、由美子が顔を近づけてきた。

「病院に行ってきたの」

「病院？」

「妊娠してるんだって、やっぱり」

「え？」

ぼくは、由美子を見た。

「ゴメンね」

「妊娠したことがか？」

「バーカ。今朝、つまらないことでからんだことがよ」

「よかった」

「私が、からむのをやめたことが？」

「バーカ。子供が生まれることがだよ」

「ほんと?」

「ほんとだよ」

由美子が嬉しそうに笑った。

「来年からバカなことは言いません」

由美子がペロリと舌を出した。ぼくは思わず手をとめて、由美子を見つめていた。橋の上の伸子と同じ動作だったのだ。意味もなく剽軽《ひょうきん》なしぐさをする。同じクセが由美子にもあったなんて。

「どうしたの?」

由美子が聞いてきた。そのときのぼくの心の中に伸子がいたことを、由美子に言うわけにはいかなかった。

ぼくは、ワインを棚に上げて、由美子の手を握った。その手を、由美子が強く握り返してきた。

第八章　八年目の橋

1

その年の橋は、特別な橋だった。

橋に集まる日の一ヵ月ほど前に、一枚の招待状が来た。児玉からの試写会の招待状だった。パソコンで作ったのだろう、橋にたたずむ女の後ろ姿の写真が、招待状を大きく飾っている。

橋には見覚えがあった。新湊《しんみなと》の中心を流れる内川にかかった神楽《かぐら》橋だ。自分の育った町を、児玉は、初めての映画の舞台にしたらしい。着物姿の女の顔は分からなかったが、監督・児玉知巳、出演・清水香織、ヘアメイク・ナンシー・リン、監督助手・竹井昭と書いてあるところを見ると、橋にたたずむ女は、香織らしかった。

そんな映画をいつ撮ったのか、ぼくは、まったく知らなかった。試写会の日付は、みんなが橋に集まるのと、同じ日になっている。

「明日は、橋じゃなくて、児玉の部屋に集まろうっていうことになったの」

前の日に、香織から電話があった。

「いつのまに、映画なんかに出てたんだよ」

「へへへへ……」香織が照れたように笑った。「映画たって、二十分ほどのプライベート・フィルムだからね。でもね……」

「でも、何だ？」

「来たら、分かる」

香織は弾んだ声で言った。

「みんな来るのか？」

「うん。全員から出席の返事が来てるって、児玉、嬉《うれ》しそうだったよ」

児玉が、香織を使って映画を撮った。その手伝いを、竹井がしている。橋で会ってきた連中なら、誰だって見たくなるだろうと思った。

「今日は、橋じゃなくて、児玉のところに集まることになったんだ」

家を出る前に、由美子に言った。

「ずっと橋で会ってたのに？」

由美子が残念そうな顔をした。

「児玉が映画を撮って、その試写会をやるらしいんだよ」

「映画？」

「清水香織が主演でね」

「どんな映画？」

「全然分からない。帰ってきたら、報告するよ」

橋に集まる連中には、仲子を除けば、結婚披露宴で由美子も会っている。児玉や香織という名前を聞くと、由美子も、顔を思い浮かべることはできるだろう。でも、児玉が、どんな想《おも》いで映画を撮ったのか。ぼくたちが、どんな思いでそれを見るのか。由美子には、いくら説明をしても分からないと思った。

橋の上の集まりには、途中からでは加われない年月の経過がある。

「行ってくる」

ぼくは店を出た。

「パパにバイバイしましょうね、真也」

由美子が明るい声で言って、おくるみの中の小さい手を上げてみせた。

ぼくは、四カ月の男の子の父親になっていたのだ。パパという呼び方にも、少し慣れてきたところだった。由美子は、ふっくらとしてきて、若い母親の幸せを体全体で表現していた。

あわら町に向かって歩いていきながら、ぼくは、香織が、「でもね」と、言葉を切ったことを思い出していた。「でも」何だったのだろう？

児玉のマンションに行って、ぼくは、その意味を知ることになる。ぼくだけではない。全員が、香織の「でもね」の後を知ることになるのだ。

それは、ぼくたち全員にとって、予想外のことだった。

2

児玉のマンションは、加越能《かえつのう》鉄道の広小路駅のそばにある。加越能鉄道というのは、高岡駅から新湊まで走っている路面電車だ。

マンションのロビーに入ったとたんに、高校時代や大学の頃に、何度もここに来て、児玉の持っていたプロジェクターで映画を見たことを思い出していた。百五十インチのスクリーンに、五チャンネルの音響システムを設置した映写室は、映画館で見るのと変わらない迫力で、ぼくたちを楽しませてくれたのだ。ときにはレンタル・ビデオ屋で借りてきたアダルト・ビデオまで、大画面で堪能《たんのう》した。

三階の児玉の部屋のインターホンを押すと、

「どうぞ！」

と、香織の声がした。ドアを開けると、賑《にぎ》やかな声が奥から流れてくる。

二十畳ほどあるリビングルームに、映写機が据えられていた。そのまわりに、みんなが座っている。鮮やかなイエローのシャツを着た児玉が、映写機を操作していた。

「よお！」

と、手を上げてくる。

「これ、買ったのか!?」

ぼくは大きな映写機を指した。

「借り物だよ。レンタル探すのに苦労してね」

「ビデオで撮ったんじゃないのか？」

「いや。十六ミリ」

「カラーなのよ」

香織がそばから口を挟んだ。

「フィルム・アカデミーの卒業制作なんだよ。どうせなら、カラーの方がいいと思ってね」

「凄《すご》いんだって。たったひとりの出演者がそう言ってるの」

仲子が、からかいの目で香織を見た。

「どういう風に凄いんだよ？」

ぼくは、香織に聞いた。

「見れば分かるの」

香織が照れたように言った。竹井が、キッチンからビールを運んでくる。真弓が、山盛りにした枝豆を一緒に運んできた。

「よお」

竹井の表情が明るかった。

「監督助手って、何をやったんだよ、お前？」

「雑用もろもろだよ。要するに走り使い」

「竹井、頑張ったのよ。撮影のときには、大きなレフを持たされて……あっちに走ったり、こっちに走ったり」

レフというのは、出演者の顔に光を当てる昼間の撮影用の銀板なんだと、香織は説明をした。すっかり撮影スタッフの顔になっている。

「香織も頑張ったんだ」

竹井が言った。

「声をかけてくれれば、おれも手伝ったのに」

ぼくは、少し妬《ねた》ましくなって言った。

「これは、私と竹井と児玉のプライベート・フィルムなのよ」

香織が、しんみりと言って、児玉の顔を見た。

「ヘアメイク、ナンシー・リンって、誰だよ？」

ぼくは、児玉に聞いた。

「ロスで会ったヘアメイク・アーチスト……おれが、こんな映画を撮りたいって話したら、旅費さえ出してくれれば、私も参加してやるって言ってくれたんだ」

「四十過ぎのおばさんなんだけど、凄い迫力なの」

「本物の映画でも、スタッフとして働いたことのある人なんだよ」

「そんな人が、どうして、お前のプライベート・フィルムなんかを手伝ったんだよ？」

「やる気さえあれば、それを分かってもらえさえすれば、夢のようなことが起きる街なんだよ、ロスは」

児玉の息が弾んでいた。

「スピルバーグだって、たった一本のプライベート・フィルムで監督になれたんだって、児玉は言ってるんだ」

夏絵と並んで座っていた川口が言った。児玉の意気込みを茶化すような顔だ。夏絵が、川口のグラスにビールを注いだ。

「大学時代に一万五千ドルで撮った『アンブリン』という作品が撮影所の人に認められて、テレビ映画の監督をすることになったんだってよ。そのとき、スピルバーグは、まだ二十二歳だったんだって」

児玉とスピルバーグは、どう考えてもつながらなかったが、児玉が、そのくらいの意気込みで映画を撮ったことは、よく分かった。

「デンキを消してくれよ」

児玉が言った。香織が立っていって、窓のカーテンを閉める。伸子が壁のスイッチで灯を消した。

児玉が映写機のスイッチを入れる。モーターの回る音がして、スクリーンに見慣れた内川の風景が映し出された。

3

『橋を渡る女』

くっきりとした黒字のタイトルが、風景にだぶって浮き出てくる。

ぼくは、そのときまで、ひやかし気分で見ていたのだ。鮮やかなコントラストの黒字のタイトルに、児玉の意気込みが感じられたが、それ以上の期待はしていなかった。タイトルにつづいて、出演・清水香織、撮影・児玉知巳、監督助手・竹井昭、ヘアメイク・ナンシー・リン、音楽・ヨーヨー・マ、監督・児玉知巳という文字が入った。本格的な映画を気取っている分だけ、みんなのおかしさを誘った。仲間の名前が出るたびに、どっと笑い声が起きる。拍手をするものもいた。八ミリのホーム・ビデオを見るような気楽さが、みんなにあったのだ。世界的なチェリストのヨーヨー・マが、まさか参加することはないから、既成のアルバムを使ったのだろう。

児玉と香織と竹井は、みんなのひやかしにも乗らず、硬い顔のままでいた。三人が、なぜそんな顔をしているのか、ぼくには分からなかった。児玉が緊張しているのは分かる。でも、香織や竹井までが、そんなに固くなることはないのにと不思議に思った。

タイトルが流れている間、低く流れていたバンドネオンの音が、少しずつ大きくなる。タンゴのリズムだった。バンドネオンにチェロの響きがかぶる。同時に、香織の顔が画面に表れた。

そのとき、体に走ったざわめきを、どう表現したらいいのだろう。ぼくだけではない。その瞬間、ぼくたち全員が、戦慄《せんりつ》のようなものを感じたのだ。

ふくよかで切ないチェロの響きに乗って、香織が橋を渡っていく。ジーンズに花柄の模様のシャツを着た、馴染《なじ》みのある香織の姿だった。タンゴのリズムに乗るでもなく、乗らないでもなく、ゆっくりと橋を渡っていく。橋の真ん中に立ち止まって、川を見る。そして、また橋を渡っていく。香織の姿が画面から消え、画面には、また船溜《ふなだ》まりの風景が映し出された。バンドネオンと絡み合ったチェロが、心の奥底から沸き上がってくるような情熱を響き渡らせていく。

見慣れた内川の風景が、そのとき、別のものに見えていた。

香織が橋を渡ったのは、ほんの数分に過ぎない。カメラは、香織の顔を捉《とら》え、橋を渡るにつれて移動し、香織が立ち止まると、顔を凝視するように立ち止まり、顔を捉えたまま移動し、カメラが停止すると、香織の顔が画面からふっと消えた。

「何度も何度も、橋を渡ったのよ。知巳は、カッコつけるなって、鬼のような顔をして怒るの。そんなこと言ったって、私は女優じゃないんだもの。町の人が見ている前でカッコつけるなって言われたって、無理じゃないの。私、泣いて怒ったの。これは、その後に撮ったものなのよ」

後で、香織が言っていた。ほんの数分の香織に、ぼくは、一昨年、香織の部屋であったことを思い出していた。自分を支えきれなくなって、ぼくにしがみついてきた香織。西条を思う、香織の純な気持ち。すぐに自分の人生を持て余してしまうなげやりさ。男に抱いてもらわないと、自分を支えきれない自堕落な魅力。

ほんの数分、橋を移動する顔に、香織のすべてが捉えられていたのだ。小さいときから不幸な家庭で育って、みんなには美しいと言われながら、その美しさを持てあまし、いまだに人生を定められないで揺れている一人の女の姿が、数分の映像の中に凝縮されていた。

ぼくだけが、そんな風に感じたのではない。香織の顔が画面から消えて、内川の風景に、バンドネオンと絡み合うチェロの響きが流れていったとき、みんなは黙りこんでしまっていた。香織や竹井がしていた硬い表情に、全員がなっていたのだ。

そのとき、全員が、香織の「でもね」という言葉の後を理解していたのだ。香織は、こう言おうとしたのだと思う。

「映画たって、二十分ほどのプライベート・フィルムだからね。でもね、すごく素晴らしいの」

4

内川には、十一の橋がある。二の丸橋、放生津橋、東橋、山王橋、神楽橋、中新橋、中之橋、新西橋、西橋、藤見橋、茂八橋。

そのいくつかを、香織は渡っていった。タンゴのリズムに乗って。チェロの第一人者であるヨーヨー・マが、バンドネオンの名手ピアソラの曲を演奏したアルバムからの曲だった。いろんなジャンルのアルバムを何百枚も聞いて、これに決めたのだと、児玉は言っていた。

香織は、着物姿になったり、ワンピース姿になったり、浴衣《ゆかた》姿になったり、いろんな恰《かっ》好《こう》で橋を渡っていた。髪型も、そのときによって違う。そこには、いろんな香織がいた。香織がいたというより、いろんな女がいた。

「寝た男のことを思い出せって、知巳が大きな声で怒鳴るのよ。そのとき、自分がどんな風だったか、それを思い出しながら橋を渡れって」

東橋の真ん中で、香織がホロリと泣いた。

「西条のことを思い出せって、児玉が怒鳴ったの。お前は、西条に何をしたんだ。何をしてやらなかったんだって」

後で、香織が言った言葉だ。香織の西条に対する思いが、画面から迸《ほとばし》ってくるような気がした。香織の思いだけではない。児玉の思いが、竹井の思いが、西条の思いが、ぼくたちに迫ってくる。香織抜きでは語れない児玉の青春が、香織抜きでは語れない竹井の青春が、そして、もうひとり、香織抜きでは語れない西条の青春が。

香織が橋を渡り終えて、二十分ほどの映画が終わったとき、ぼくたちは、ただ黙ってスクリーンに目を向けていた。

「これは、児玉と私と竹井のプライベート・フィルムなのよ」

香織の言っていたことは、本当なのだと思った。そして、もうひとり、西条も加わったプライベート・フィルム。

「ヘアメイクのナンシー・リンに、こんな映画を撮りたいんだってことを、全部話したんだ。自分のことも話した。今まで人には絶対に言わなかったようなことまで。子供の頃からの、おれの思い。おれのコンプレックス。ナンシーが、おれに言ったんだ。分かった。それほどの思いがあなたにあるのなら、私が映画を撮らせてあげる。ナンシーには、いろんなことを教わったよ。照明の当て方。表情の出し方。彼女がいないと、これは作れなかったんだ」

映画が終わって、児玉が熱っぽく語った。児玉のそんな表情を、今まで見たことはなかった。自分のコンプレックスを抱え込んだまま、みんなから一歩離れて、いつも表情の乏しかった児玉。香織にからかわれて、子供のように困惑した顔。そんな児玉とは、別人のような輝きがあった。

「日本にいると、自分ができないことばかりを数えてしまう。自分には、これも、これも、これもできない。まわりからも言われるんだ。お前には、あんなことをするのは無理だ、これも無理だって。でも、向こうにいると、自分にやる気さえあれば、やりたいという強い気持ちさえあれば、何でもできるんだって思えてくる。ロスの同じアパートにいた男が、交通事故で両足を失ったのに、おれは山に登るんだって言って、義足で歩く練習をしてた。そして、本当に、三千メートルの山に歩いて登ったんだ」

児玉が、そんなに熱く自分の気持ちを語ったことがあっただろうか。ぼくたちは、映画以上の驚きで、児玉の話を聞いていた。

5

児玉の部屋で宴会をしてから、ぼくたちは橋に向かった。

「やっぱり、橋に行こう」

そう言い出したのは、竹井だった。タクシーと川口の車に分乗して、ぼくたちは橋に来た。

「私、プロポーズされたの」

香織がタクシーの中で言った。児玉とぼくと、そして伸子が、同じ車に乗っていた。

「誰に？」

てっきり竹井だと思ったのだ。

「松村グループの御曹司だよ」

伸子と香織に挟まれて、後部シートに座っていた児玉が言った。

「御曹司なんてもんじゃないわよ。成り上がりの一家なんだから」

松村グループというのは、ぼくも知っている。氷見《ひみ》で網元をしていた男が、地元でスーパーを始め、今では富山や高岡に、ホテルや結婚式場、レストランなどを何軒も持っている。最近の、地元で一番の立身出世物語だったのだ。

「そこの息子がね、ジャズダンスの教室に来てたのよ。最近は、男も何人か来ているんだけど、彼の狙《ねら》いはダンスではなくて、私だったの」

「へーえ」

「ジャズダンスの教室の入っているビルには、クラブなんかも入ってるでしょう？　そこに遊びにきていて、私を見たらしいの。あれは誰だって、クラブの女の子に聞いて、私に近づくためにジャズダンスの教室に入ったんだって、彼は言ってるんだけど」

「遊び人？」

伸子が心配そうな声を出した。

「私も、そう思ったんだ、最初は。でも、意外と純なの。親父《おやじ》が成金で、遊びまくってるでしょう？　それが、いやなんだって言ってた。ダンス教室で、下手な踊りを踊ってる男がいて、私が動きを直しにいったりすると、体を固くしてるの。変なやつだなって、前から思っていたのよ」

「香織狙いでダンスを習いにきているやつは、他にもいるだろう？」

児玉が口を挟んだ。

「まあね」

「見初《みそ》められたんだ、香織は……羨《うらや》ましい」

伸子が笑いながら言った。

「結婚するかどうか分からないけどね、まだ」

香織が、お得意のなげやりな口調で言って、伸子に話題をもっていった。

「伸子の方はどうなってるのよ、彼と？」

「私……？」伸子は言葉を濁したが、すぐ重い口調で言った。「喧嘩《けんか》したの、この間」

6

「うまくいってないの？」

香織が心配そうに聞いた。

「この間、キイ局のドキュメンタリー番組を作ったのよ。うちの会社としては、初めての大きな仕事だった。でも、いろいろと大変だったの」

仲子が、そのときのことを思い出す顔になっていた。

「まず、ぶつかったのが、音楽の使い方だった。テレビ局の編成担当の人は、センチメンタルな曲を繰り返して流すことを要求してきたの。同じ曲が繰り返されることで、視聴者は反射的に涙を誘われる」

「パブロフの犬みたいにね」

児玉がボソリと言った。

「あのひとは、それを一番嫌っていたの。音楽やナレーションで歌い上げると、人は、涙を流すかもしれないが、ただそれで終わってしまう。おれは、見てくれた人が考えてくれる、そんな番組を作りたいんだって、ずっと言ってた……ウリの画面がないとも、局の人に言われたの。視聴者を魅《ひ》きつけるようなショッキングな画面を作ってほしいって。テレビの視聴者は飽きやすいから、淡々とした画面がつづくと、すぐにチャンネルを廻《まわ》してしまう。それでは、視聴率を取れないんだって」

タクシーが川沿いに走っていく。対岸の土手は、みんなが自転車通学で走っていた道だ。ぼく自身は、そのときの記憶と繋《つな》がっている部分が、まだどこかにある。でも、仲子は、そのときからずっと遠くにいってしまっているような気がした。

「出来たものは、最初の意図とは遠く離れた、ふやけた作品でしかなかった。少なくとも、私には、そうとしか思えなかった。でも、視聴率は取ったの。すぐに、別の企画の要請が局から来た。あのひともスタッフも、すごく喜んだの。打ち上げも盛り上がった。でも、二人きりになったときに、私は、あのひとに言ったのよ。こんな作品を作っていたら、あなたの精神はすり減ってしまう。これで会社の経営にメドがついたんだって、あのひとは言ったわ。今は、ドキュメント番組が少なくなっている。ドキュメントの灯を守っていくためには、視聴率を取ることが大事なんだって。あんなものはドキュメントじゃない。視聴者の涙を誘うために、現実を利用したにすぎないって、私は言い返したの」

伸子は言葉を切った。そのときのつらさを思い出したのだろう。しばらく外の風景を見てから、また話をつづけた。

「あのひとは、そのときから口をきかなくなったの。心の底では、あのひとだって、私と同じように思っていたに違いないのよ。それを私の口から言われて、すごく傷ついたんだと思う。私は、さらに、あのひとを責めたのよ。あなたの妥協する姿を見るために、私は、あなたについてきたんじゃないって」

「本当に好きだったんだ、伸子、そのひとのことを」

香織が言った。

「いやな女でしょう?……あのひとも、そう思ったに違いないわ。力をつけて、自分のやりたいものをやっていきましょう。そう言って励ましてもらいたかったのに、やむを得ず妥協してしまったことを慰めてほしかったのに、それとは逆のことを言われたのよ。一番言われたくない女に、一番言われたくないことを言われたのよ。あのひととは、それから口をきいてないの。もう、一緒にはやっていけないと思う。あのひとだって、つらいじゃない。自分の一番触れてほしくないことに触れてきた女が、いつもそばにいるなんて」

そこまで言ってから、伸子は、みんなに向かってペロリと舌を出してみせた。

「私のラブストーリーの結末でした」

誰もいなかったら、ぼくは、いきなり伸子を抱きしめていたかもしれない。突然のようにおどけてみせた伸子に、忘れかけていた思慕が一気に甦《よみがえ》ってきていた。

7

橋の上に、大きな月が出ている。欄干の影が、くっきりと橋の上に落ちていた。

「凄い」

香織が、橋の真ん中に立って、空を見上げた。空気が澄んでいて、透明な月光が、川の流れの中にもきらめいている。遠くの山が、くっきりとした輪郭を持っていた。

ぼくたちは、橋の真ん中に立って、月を見上げた。川が、遠くまではっきりと見えている。昼間と違うのは、まわりの空気が、水を含んだような落着きを持っていることだ。水を含んだ粒子を、月が艶《つや》やかに照らし出している。

「こんな月を見たの久しぶり」

仲子が、月光を全身に受けるように両手をひろげた。

「月が、知巳を励ましてくれてるんだよ」

香織が、児玉に言った。いつものからかいではなかった。真剣な顔をしている。

「うん」

児玉が素直に笑った。児玉のそんな笑顔を見たのは初めてだと、ぼくは思った。

すぐに、川口の車が着いて、真弓や夏絵たちも橋を渡ってきた。夏絵と川口、竹井と真弓が、ペアになって歩いてくる。

「真弓、今日は、ずっと竹井くんのそばにいるわね」

仲子が言った。そう言えば、真弓は、竹井のすることをずっと手伝っていた。

「真弓、西条の話を聞いてから、竹井のことを見直したんだって言ってた。竹井が、そんな純粋な心を持ちつづけていたなんて、思ってもいなかったって」

香織が言った。近づいてくる二人を見ながら、ぼくは、香織に聞いた。

「真弓、別れたのか、男と？」

「真弓、彼と暮らしてるのよ」

「彼？」

一瞬、竹井かと思ったが、香織が、竹井をそんな風に呼ぶとは思えなかった。

「不倫してた、彼か？」

児玉が聞いた。

「うん。一度、本社にもどったんだけど、自分から希望して、金沢支社にもどってきたんだって。向こうの奥さんにもバレちゃって、今は、金沢のアパートに二人で暮らしてるのよ」

「よかったじゃない、一緒になれて」

伸子が言った。

「でも、つらいって、真弓は言ってた。望んでいたことなのに、幸福なことなのに、毎日がつらいんだって」

「どうして？」

「不幸の上に築いた幸福だからかもしれないって、真弓は言ってた」

「そんなこと気にすることはないわ。自分で勝ち取った幸福じゃないの。不幸だなんて、そんなこと思う必要はない」

仲子が強い口調で言ったとき、

「はーい！」

真弓が、飛び上がるようにして手を振った。香織の話とは正反対の真弓の姿を見せられて、ぼくたちは一瞬戸惑ってしまった。

「すごい月じゃない？」

そばに来て、真弓が言った。息が弾んでいる。確かに、思わず心が弾むほど明るい月だったのだ。

「真弓の話をしてたのよ」

香織が言った。

「え？」

「不幸の上に築いた幸福だなんて、そんなこと思う必要ないわ」

仲子が、もう一度言った。

「私が思ってるんじゃないの。彼が思ってるの。彼が思ってると、私にも伝染するじゃない」

真弓は笑ってみせた。

「でも、私、頑張る。児玉くんの映画を見て、私、思ったのよ。私も頑張ろうって」

「どう頑張るのよ」

香織が言った。

「分からないけど、でも、頑張る」そこで言葉を切って、真弓は、もう一度言った。「頑張る」

ぼくは、一瞬高校のときの真弓を思い出していた。生徒会の委員長をしていて、全校生徒に向かってハキハキとした口調で話していた真弓。その頃の真弓が、一瞬ぼくの前にいるように思った。

「おれも頑張るよ」

竹井が、そばで言った。それから、ぼくと香織をまっすぐに見てきて、

「西条の分まで」

と、言った。

夏絵と川口が、みんなとは反対側の欄干で月を見上げている。後ろ姿に、長年一緒に暮らしてきた夫婦のような落着きがあった。

「お似合いよ、お二人さん」

香織がひやかした。

「そう……」

振り向いた夏絵の顔が、月の輝きのせいか上気して見えた。川口の方は照れて笑っている。そんな笑い方をすると、二人の関係がみんなにバレてしまうぞと、ぼくは思った。

川口は、月に一度の割合で夏絵と会っている。どうして、ぼくがそんなことを知っているかと言うと、逢引《あいび》きをした後で、川口は、必ずぼくの店に立ち寄っていくからだ。

「夏絵と会ってきた」

川口は、いつも嬉《うれ》しそうな顔で、そう言うのだ。

「いちいち報告をしにこなくていいよ」

ぼくは、迷惑な顔をして見せた。そんなことをおれに言ってどうするんだと言いたかった。同級生が月に一度会いにくるんだから、由美子は何も不思議には思わなかったが、逢引きの熱気の残っている体で、店に来てほしくなかった。

「お前には知っていてほしいんだ」

川口は言った。

「どうして？」

「理由はない。でも、お前には知っていてもらえると思うと、おれは落ちつくんだ」

川口の真剣な顔に、ぼくは、それ以上のことは言えなかった。川口は、今でも相変わらず逢引きの後で、ぼくの店に寄っていく。

「こんなに月が明るいと、踊り出したくなっちゃうわね」

香織が、橋の上で飛び跳ねた。児玉の映画に使われたピアソラの曲を口ずさんで、気取って歩いてみせる。

「よお、主演女優!」

竹井が冷やかした。去年の暗さが、竹井から消えていた。

「何度も児玉に聴かされたから、覚えちゃったのよ」

体を弾ませるようなタンゴのメロディを、香織は鼻唄《はなうた》で表現してみせた。

「踊ろ、伸子」

伸子に向かって手を差し伸べる。タクシーの中で男のことを話してから、伸子が元気をなくしていることに気づいていたのだ。

「踊れないわよ」

伸子が笑って後ずさりをした。

「大丈夫」

香織が、伸子の手をつかんで引き寄せた。そのまま、くるくると回ってみせる。

月光の下で、香織と仲子が踊ったのだ。タンゴのリズムに乗って。仲子は、動くのが精一杯の状態だった。でも、香織にリードされて、少しずつ踊れるようになっていった。月光に照らしだされた夜の橋で踊るのは、大柄で美しい香織と仲子が、一番ふさわしかっただろう。香織と仲子は、組んだ腕をまっすぐに伸ばして、気取った足さばきで橋の上を動いていった。

ぼくたち全員が、黙って二人を見ていた。踊る二人も、まわりで見守る連中も、月の光に照らしだされて、いつもとは違って見えていた。

夏絵と川口は、どうなっていくのだろうと、ぼくは思った。仲子は、どうするのだろう。真弓は、妻のところから出てきてしまった男との仲を、どうしていくのだろう。竹井は、これからどうやって生きていくのか。児玉は。香織は。

全員が、まだ定まらない人生を生きていた。高校を出て、十三年になるのに、まだ揺れつづけていた。家業をついで、父親になったぼくが、唯一腰を据えた人生を生きていたのかもしれない。夏絵も川口も児玉も竹井も香織も真弓も仲子も、自転車通学をしていた高校時代から、遠く離れた場所にきていたが、ぼくだけが同じ位置に立ちつづけているような気がした。

「揺るぎがないって気がしてた、前野くんのゴールキーパーは。前野くんにまかせておけば安心だって、そんな気持ちにさせるものがあったのよ」

二年前、香織がそう言った。鮮やかな月光に照らし出された全員の姿を見ながら、ぼくは、その言葉を思い出していた。揺れ動く七人の人生を見守りながら、ゴールを死守していく。それが、ぼくに与えられたポジションなのだろうか。

月の光に照らし出されて、香織と伸子が踊りつづけている。その年の橋は、特別な橋だった。その年の橋を、ぼくは一生忘れないだろう。

全員が橋に集まったのは、その年が最後だった。

第九章　九年目の橋

1

児玉から葉書が来た。ロスのスタジオで職を得たと書いてあった。ナンシー・リンの尽力で、ワーキング・ビザが取れたのだという。使い走りのような仕事だったが、金が貯《た》まったら、四十分ほどのプライベート・フィルムを、今度は三十五ミリで作るんだと張り切っていた。映画の監督になりたいという夢に、一歩近づいたのかどうかは分からなかったが、児玉が、夢を持ちつづけていることだけはよく分かった。

おれには夢があっただろうかと、ぼくは思った。小学校のときからサッカーをやっていたが、プロになろうと思ったことはない。高岡市の高校でベストファイブのゴールキーパーにはなったが、それが、自分の限界であることもよく分かっていた。茨城大学の工学部に進学したときも、特に何かになりたいという夢があったわけではない。理科系の学科が得意だった。それだけの理由だ。大阪の建設会社に勤めたのも、学んだことが役に立つ職業という、自然のなりゆきだったにすぎない。

小説を書くのが、ぼくの夢だったのだろうか。進学塾のZ会のコンテストに応募したけれども、たまたま小説を書いただけで、小説家になりたいと思ったことは一度もない。日曜画家が、絵を描く。それと似たようなことだった。由美子と結婚したのも、見合いという平凡な手段だった。

ぼくは、ただひたすら現実的な生き方をしてきたのだろうか。振り返ると、そんな気もする。伸子に対する思慕も、小説を書くことで、心の奥に押し込んでしまった。

でも、ぼくは、由美子というやさしい妻を持ち、一つになる子供も得て、幸福に暮らしている。ぼくは、自分の人生に不満を抱いたことは一度もない。自分のしたことは、すべて、自分が望んでしたことだ。現実的に生きるというのは、そう思えることだと、ぼくは、今、感じている。

その年、橋に行くと、夏絵がひとりでいた。

西条が死んだときに、夏絵と二人きりで橋にいたことを、ぼくは思い出していた。あのとき、ぼくと夏絵は、ほとんど話すこともなく橋を去ったのだ。

「よお」

近づいて声をかけると、夏絵は会釈代わりに笑って見せてから、

「みんな、来るの？」

と、言った。最近は、ぼくの家が連絡場所になっている。昔は、欠席の人間が電話をしてくることになっていたが、最近は、来る人間が電話をしてくることになっている。八年前に橋で会うことに決めたときには、来るのが当然だという雰囲気だったのに、いつのまにか、来られないのが普通ということになってしまっていた。

「香織と真弓からは連絡があった。川口は来るんだろ？」

ぼくは、夏絵に聞いた。

「来るって言ってた？」

夏絵が逆に聞いてきた。

「知らないのか？」

「ええ」

そう言ってから、夏絵は、川の流れに目を向けた。

「何かあったの、川口と？」

そう言えば、先月、ぼくにとっては多少迷惑な、川口の恒例の訪問がなかった。

夏絵は、すぐには答えなかった。しばらく川に目を向けたままでいて、ぼくの方を振り返った。

「彼、私たちの関係を終わりにしたがっているの」

2

「その方がいいんじゃないか。こんな関係をつづけていると、いつかはバレてしまう」

ぼくの口調は、冷ややかだったと思う。どこかに少女のはかなさを感じる真弓や仲子との皮膚とは違って、北国で育った人間によくある脂性の肌をしている夏絵には、つい女のしたたかさを感じてしまう。子供時代から一気に女になってしまった、夏絵にはそう感じさせるものがある。ひょっとすると、夏絵は、自分の中の女を持てあまして、あんなに早く結婚したのだろうか。結婚してからも生きつづける女の部分を処理するために、川口とつき合いはじめたのではないのか。川口が、そのために利用されているような気がして、ぼくの口調は、冷ややかになってしまったのだ。

「バレないわ、絶対に」

夏絵が強く言った。思わず顔を見たほどの強い言い方だった。

「旦那《だんな》さんは、疑ってないの？」

「全然」

「きみが、そう思ってるだけじゃないのか？」

「絶対に疑ってないわ」夏絵は自信ありげに言った。「家では化粧ひとつしないで、子供と夫にかかりきりになっている妻が、ひと月に一度、外で男と会っているなんて、想像できると思う？」

　ぼくには何とも言えなかった。

「うちの旦那は、目に見えている以外のことを想像するなんて、まったくしたことがない人だから」

　由美子が、もし夏絵と同じことをしていたらと思った。幸福そうな顔で子供に接している由美子が、外で男と会っているなんて、想像もつかない。でも、川口と夏絵の関係が出来たのは、夏絵に二人目の子供が出来た年だったのだ。

「私、川口と会うときに、お化粧して家を出たりしないの。旦那は想像力がないけど、近所の奥さんたちは想像力で一杯だから。私は、いつも、近所のスーパーに行くのと同じ恰《かっ》好《こう》で、家を出るの。小杉のＳＡＴＹに車を入れて、そこのトイレで着替えるの。あそこは、めったに人が入ってこないから。私は、そこで、別の女になる。朝刊にはさまれているチラシを時間をかけて読み、ふた月に一度行く近所の美容室で女性週刊誌を読む。話題は、ほとんど子供と姑《しゅうとめ》の愚痴。そんな毎日を過ごしている妻から、男に会いにいく女に変わっていくの」

夏絵は饒舌《じょうぜつ》だった。考えてみると、川口とのことに関して、心に溜《た》まったものを話せる人間は、ぼくしかいないのだ。

「そんなに苦労をして、川口と会う価値があるのか？」

ぼくの口調が、また冷ややかになった。

「苦労するから、価値があるのよ」夏絵は、はっきりと言った。「人生で大切なことは、何かを得ることじゃない。得たものを、大切にしていくことだと思う」

夏絵が、人生なんて言葉を使うのを聞いたのは、初めてだっただろう。

「旦那も大事にしてるのか？」

ぼくは詰問するように言った。

「してるわ」

夏絵は自信たっぷりに答えた。

「子供も大切にしてる。それから……」夏絵は、ひと息ついてから言った。「川口も。私は、彼にもそうしてほしいの」

「どうして、川口は、きみと別れようとしてるんだ？」

「男のひとって、お化粧するわけにはいかないでしょう?」

「え?」

「女は化粧をすることで、別の女になれる。でも、川口は、別の男になれないまま、私に会いにくるの。そして、別の男になれないままで帰っていくから、ときどきしんどくなるんじゃない?」

川口は、夏絵と逢引《あいび》きをした後で、ぼくの店に寄っていく。そうすることで、人妻と密会している危うい男から、安全で平凡な教師に変わっていくのだろうか。

3

その日は、ずっと曇り空だった。気温が低いわりには蒸し暑く、夏絵の顔もうっすらと汗ばんでいた。

夏絵は、花柄のブラウスに、オリーブ色のスカートを穿《は》いている。すっきりとしたスカートと、小さな模様の散ったブラウスが合っていなかった。

「どっちの服装なんだ、今日は?」

ぼくは意地悪な質問をしていた。

「どっちのって?」

「女の恰好？　それとも、妻の恰好？」

「妻の恰好よ、もちろん。川口に会いにいくときは、もっともっと女になっていくの」

夏絵は嬉《うれ》しそうに答えた。

「はーい」

大きな声がした。香織が橋を渡ってきている。

香織は、派手な模様のついた黄色いブラウスを着て歩いてきた。このところ、すっきりとした服装をしていたのに、また昔の香織にもどったような姿だった。

「派手でしょう、これ？」

そばに来るなり、香織は言った。言われるのを予想していたような口ぶりだった。

「私が派手な恰好をすると、前野くんがうるさいのよ」

「へーえ」夏絵が、ぼくを見た。「前野くんって、香織のこと好きだったの？」

「そうじゃないわよ。一度迫ったけど、見事に振られたから」

「香織、前野くんに迫ったの？」

夏絵が、好奇心でいっぱいの顔になった。

「西条のことがあったときにね。香織は混乱してたんだよ、精神的に」

「可哀《かわい》そうな香織だったのよ、あのときは」

香織が笑った。

「それ、ベルサーチでしょう?」

夏絵が聞いた。

「松村の父親が買ってくれたの。高級品はベルサーチって思い込んでいる成金だからね」

「受けたのか、プロポーズ?」

ぼくは、少し驚いて言った。

「うん」

香織が言った。どこかに淋《さび》しさのある声だった。

「好きなの、その彼が?」

夏絵が聞いた。

「嫌いじゃないわ」

香織が、なげやりに答える。

「それでいいのよ。本当に好きな人とは結婚するものじゃないと思う」

夏絵が、同じようになげやりな口調で言った。

「私も、来年三十三だもの。求められているうちに結婚しないとね」

「香織が、そんな生き方をするとは思わなかったよ」

ぼくは、きつい言い方をしたのだと思う。香織が、ぼくを見てきた。

「どんな生き方をすると思った？」

「玉の輿《こし》になんかに、簡単に乗る人間だとは思ってなかった」

ぼくは、はっきりと言った。三年前、体に残っていた甘い匂《にお》い。その匂いが、ぼくの知らない人間のものになる。そのことへの嫉妬《しっと》があったかもしれない。

「人生を安売りしているって、前野くん、私に言ったじゃない。自分の美しさを安売りしているって」

「玉の輿に乗ったからって、美しさを高く売ったことにはならない」

ぼくの言い方の強さを、夏絵が非難した。

「香織をいじめることないじゃない。前野くんは、竹井くんや西条くんみたいに、香織のことを好きだったわけじゃないんだから」

夏絵の言うことは、もっともだった。生き方を非難できるのは、その人を好きな人間だけだ。

「ゴメン」

ぼくは小さな声で言った。

「いいのよ」香織が、ぼくを励ますように言った。「前野くんは、私のゴールキーパーだから、何を言ってもいいの」

　その言葉に、ぼくは、もう一度、三年前にぼくの体で弾んだ香織の胸の感触や、ずっしりとした肉体の量感を、鮮やかに思い出していた。香織とぼくは、恋愛をしていたわけではない。でも、赤の他人よりは、もう少し親しい。香織の言うとおり、ぼくは、フィールドで動きつづけるプレーヤーを見守るゴールキーパーだった。なかでも、香織は、ゴールキーパーとの連結が一番強いストッパーだったかもしれない。

　考えてみると、ぼく以外の人間は、みんな現実と自分の間で揺れていた。本当の自分は何なのか、自分が本当にしたいのが何なのか、三十の半ばに近づいても、しっかりと摑《つか》めていなかった。みんなが、まだ、青春の中にいたのだと思う。ぼくと、別の意味では夏絵だけが、青春から現実に移り住んでしまっていた。

「真弓が来たわ」

　夏絵が言った。

4

　白いパンツに紺のTシャツという簡素な恰好の真弓が、橋を渡ってきた。遠くから見ていると、高校時代の真弓が歩いてきているように見える。

「真弓、会社を辞めたのよ」香織が、真弓を見ながら言った。「男と一緒に住んでいた金沢のマンションも出たみたい」

「何をしてるんだ、今？」

「分からない」

真弓が来た。

「お久しぶり」

真弓が、嬉しそうに笑いながら言った。会社を辞めて男と別れたなんて感じさせない、爽《さわ》やかな笑顔だった。

「髪を切ったの？」

夏絵が聞いた。

「うん」

「若くなったわよ、真弓。髪を切って」

香織の言葉に、ぼくもうなずいた。

「いろいろあったからね、髪でも切らないと」

真弓は笑った。

「会社、辞めたんだって？」

「うん。社内の男の人とつき合って、そのひとと別れたら、そのままってわけにはいかないでしょう？」

「今から職探すの大変じゃない？　もう若くないんだから」

夏絵が現実的なことを言った。

「決まってるの、もう」

真弓が笑いながら言った。

「どこに？」

「料理屋の仲居さん」

「え？」

ぼくも夏絵も香織も、三人が同時に言っていた。仲居さんという商売ほど、真弓に似合っていないものはない。

「料理を運んだりするの、仲居さんっていうんでしょう？」

ぼくたちが驚いたことで不安になったのか、真弓が聞いてきた。

「どうして、そんなことをする気になったんだよ」

「うん……」

真弓が欄干の方に歩いていった。頰《ほお》が紅《あか》く染まっている、そんな気がした。

「ひょっとして……大阪に行くの？」

香織が、真弓の心を探るように言った。

「そう」真弓が笑いながら振り返った。「私、竹井くんを監視するの」

「竹井？」

ぼくと夏絵が、また同時に言っていた。

「竹井、大阪の料理屋で板前の修業をしてるのよ」香織が説明した。「長つづきしなかった仕事に、もう一度挑戦してみるんだって言ってた」

「地道な生き方をすることが、西条の分も生きていくことなんだって、竹井くん、言ってたわ」

真弓が、香織の説明を補足した。

「竹井の勤めた料理屋に、真弓も就職したの？」

夏絵の顔から驚きが消えていなかった。

「そう」

「どうして？」

「竹井くんって、何をやっても長つづきしないでしょう？　私が監視して、今度は絶対に途中でやめさせせない」

真弓が、また嬉しそうに笑った。

「竹井を愛してるの？」

夏絵が信じられない顔で言った。

「そんなんじゃないわ。竹井くんが、西条くんの分まで一生懸命生きようとしている。その気持ちが、私には新鮮だったの」

「それだけで、竹井のそばに行くの？」

夏絵は、まだ納得できない顔だった。去年、児玉のマンションで、真弓は、ずっと竹井のそばにいた。西条のことを竹井が話してから、真弓の竹井に対する見方が変わったことは分かっていた。でも、真弓は、高校のとき、竹井には何の関心もなかったのだ。竹井の方も、そうだった。

「苦労するよ」香織が、しんみりと言った。「西条のこともあって、今は強くなっているかもしれないけど、結局、あいつは弱いからね」

「いいの、それでも」

真弓は、はっきりと言った。短髪にした真弓は、昔の、男の子のような印象を取りもどしていた。

「私は、もう、ひとにすがる生き方をやめようと思ってるの」

「すがってたの、真弓が⁉」

夏絵が、また驚いた顔になった。

「ほんの少しでも愛情を向けてくれる人がいたら、それにしがみついてしまう。私は、そんな生き方をしてきたの」

「真弓が……？」

香織も驚いていた。ぼくにも信じられないことだった。

「驚くこと言ってあげようか……」真弓が、ニコニコしながら言った。「私、高校のとき、吉川先生と出来てたのよ」

「え⁉」

ぼくと香織と夏絵が、また同時に声を出していた。吉川というのは、指導主任をしていた体操の教師だ。生徒を管理するのが好きで、生徒たちから嫌われていた教師だった。生徒会の委員長と指導主任は接する機会が多かっただろうが、その二人が出来ていたなんて、本人の口から言われても、簡単には信じられないことだった。真弓は、高校のとき、男の子のように見えていて、性的なものなど、まったく感じさせなかったのだ。

「私には、今でも覚えている風景があるの。私が、三歳くらいの時だと思う。高岡に住むことになって、東京駅から電車に乗ったの。そのとき、私は、両親が不和な状態にあるなんて、まったく知らなかったのよ。母が、途中の越後湯沢で降りた。じゃあねって、私に手を振って降りていったのを、いまでも覚えている。それっきり、母とは会ってないわ。高岡の家には、すぐに二度目の母が来た。あのとき、母は、飲み物でも買いにいくようにして降りていった……悲しい顔を見せないことが、私に対する最大の愛情だったかもしれないって、今になると思う。二度目の母は、私によくしてくれたから、淋しいなんて思わなかった……でも、私は、心の奥底で愛情に飢えていたんだと思う。ほんの少しの愛情を向けられると、私は、それに逆らえなかったの。自分が、どんなに淋しい思いをして大きくなったか、男の人とつき合いはじめてから、よく分かったわ」

いつもハキハキと生徒に向かって話をしていた真弓が、心の中にそんな葛藤《かっとう》を持っていたなんて、一度も思ったことがなかった。

「私は、男のひとの愛情にしがみつくようにして生きてきたの。それが、本物の愛情か、贋物《にせもの》の愛情か、見分けようとしたこともない。あの人は、私のことを真剣に愛してくれたと思う。私のために家まで出てきてくれたのだから。でも、相手にしがみつかれると、私は、どうしていいか分からなくなる。自分の方がしがみつきたいんだから。私は、そんなに強くないの。贋物の愛情でもいいから、私にしがみつかせてほしい、そう言いたくなるの」

「竹井は、しがみつかせてくれないわよ。あいつは、自分が生きていくので精一杯なんだから」

香織が、冷たく聞こえるようなことを言った。

「おれは、香織にしがみついて生きてきたって、竹井くんは言っていたわ。西条くんも、そうなんだって。香織は鬱陶《うっとう》しかっただろうなって……私も竹井くんも、人にしがみつくのをやめようとしてるの。できるかどうか分からないけど、強くなろうって、二人で約束したのよ」

ぼくにも夏絵にも香織にも、返す言葉がなかった。真弓の顔が、さっきまでとは、まったく違って見えている。

5

「私が一番したかったのはね、ロスに行って、児玉と一緒に生きていくことだったの」

真弓の告白に煽《あお》られたのか、香織が、そんなことを言った。おそらく、香織の本当の気持ちだと思う。

「どうして、そうしないの。児玉くんも、きっと喜ぶと思う」

真弓が言った。

「あいつは、やっと、今までの人生を振り払って生きようとしてるんだよ。その児玉に、昔の人生を思い出させたくない」

「そんなこといいじゃない。香織が一緒に生きてくれたら、児玉は一番幸福なんだもの」

夏絵も言った。

「私は、あいつが、どんなに頑張って、今までの自分と違う自分になったか、よく分かるの。どんなに必死で、そうしたか。私が、そばにいると、あいつはすぐに夢を捨ててしまう。夢なんかなくても、この女と一緒にいればいいって、私にすがりついてくる。私は、あいつを幸せにしたくないの。幸せなんてすぐに終わってしまう。人は、幸福だけで生きていけるわけじゃないわ」

その年、香織も真弓も、自分の気持ちを告白した。ある意味では、夏絵も。ぼくたちが橋で会ったのは、その年が最後だった。二度と、こうやって会えないことを、みんなが心のどこかで感じていたのかもしれない。

「昔ね、私は、誰とも会いたくなくなるときがあって、そんなとき、よく米島口《よねしまぐち》のアカデミーに行ったのよ。その頃は、もう、映画館には客が少なかった。評判にならない映画なんか、ほんの数人しか客席にはいなかった。がらんとした映画館で、ぼんやりと過ごしているときが、何度もあったわ。淋しい場内の雰囲気が、そのときの気持ちに合っていたんだと思う。私、そこで、児玉に会ったのよ。児玉は、私を見つけて、驚いたような顔になった。こんなところで何をしてるんだって……何もしてないって、私は答えたの。ただ、誰の顔も見たくないから、ここにいるだけなのよって。そのときから、私と児玉は、いろんな話をするようになったの」

私の中には、もうひとり別の私がいるの。コンプレックスを抱えて、背中を丸めている小さな私が。児玉の中にも、同じような小さな児玉がいるのよ。その別の自分たちが、ときどき手をつなぎ合いたくなるの。三年前に、香織は、ぼくに言ったのだ。古い映画館の淋しい客席で、香織と児玉は、自分の中の小さな自分を見つけ合ったのだろうか。

「私には、児玉のことが、よく分かるの。私が、もし、ハリウッドで女優になろうと思って頑張っていたら、一番会いたいのは児玉だと思う。でも、夢を実現するためには、一番会ってはいけないのも、児玉だと思う」

香織は向こうに歩いていった。涙をこらえるために歩いていったことが、後ろ姿を見ているぼくたちにも分かっていた。

「みんな、いろいろとあるんだ」

夏絵が言った。どこかホッとした声だった。ぼくは、夏絵が、自分で言うほど、川口との関係を割り切っているわけではないのだと思った。外に見せているほど、夏絵は、女としてのしたたかさを持っているのではないのかもしれない。

ぼくは、夏絵に言った。

「川口、来ないな」

「ええ」

夏絵が淋しそうな顔になっていた。

由美子と結婚してから、一度も浮気をしようと思ったことはないぼくには、夏絵と川口の関係は理解できないものだった。ぼくの心に、少しでも浮気をしたいという気持ちがあったら、香織の誘惑から逃れられなかっただろう。

「おれだけだな、何もないの」

向こうからもどってくる香織に向かって、ぼくは言った。誘惑に乗れなかった残念さを、香織に分かってほしいという気持ちが、ずっと心のどこかに残っていた。

「前野くんは、何もないからいいのよ」香織が言った。「ゴールキーパーにウロチョロされると、他の選手は困るじゃない。伸子も、同じことを言ってたことがある」

「同じことって?」

「前野くんが、地元にどっしりとしているから、高岡に帰れるんだって」

「そうね……」真弓が言った。「一番どっしりしているの、前野くんだものね」

「橋の集まりに一度も欠席していないのは、前野くんだけじゃない？」

夏絵も言った。

「そうね……」真弓が、みんなの出欠を確かめるような顔になった。「そう、前野くんだけ」

「竹井は大阪だし……川口は来ないの？」

香織が、ぼくに聞いた。

「来るはずになってるんだ」

ぼくは、夏絵の顔を見ながら言った。夏絵は黙っていた。

「伸子は？」

「連絡がなかった」

「そう……」

「連絡あったか、香織のところに？」

「ない」

「彼とうまくいってないのかな？」

「うまくいってないでしょ、あの感じじゃ」

「そうだな……」

「前野くん、伸子のこと好きだったんでしょう?」

真弓がいきなり言った。

「え?」

「ずっと」

「………」

「一度くらい伸子に告白すればよかったのに」

「何を?」

「きみが好きだって」

「彼女は、おれなんかを相手にする人間じゃない」

「どうして?」

「もっと、大きな世界で生きていく人間なんだよ」

「前野くんが勝手に思ってるだけよ。人は見せかけとは全然違うのよ」

香織が言った。自分のことだったかもしれない。

「おれは、伸子を小説に書いたことがあるんだ」

ぼくは、今まで誰にも言わなかったことを口にしていた。真弓や香織の告白に刺激されたわけではない。伸子が自分とは違う世界で生きている人間だということを、自分自身に納得させてしまいたかったのだ。

「前野くんが小説なんか書いたの⁉」

夏絵が驚いたように言った。

「たった一度だけね」

「いつ？」

「高校のときだよ。Z会のコンテストに応募して、佳作入選した」

「伸子の何を書いたの？」

「高校のグラウンドで、短距離を疾走していたときの彼女をだよ。汗にまみれてトラックを走る少女。ただ、それだけを書いたんだよ」

「へーえ」

「おれの伸子に対する思いは、そのときで終わってるんだ」

「どうして？」

「どうしてだか分からないけど……」ぼくは、急に自分のことを話したくなっていた。

「おれは、選手全員の動きを把握して、次はどうすればいいか指示を出すようなキーパーじゃなかった……遠くのボールが、次にどんな動きをするか、予測したりはしなかった。

そんなことはムダなことだと思っていたんだ。その代わり、ボールがそばに来ると、相手がどんな動きをするか、どんなパスをするか、いつシュートをしてくるか、完璧《かんぺき》に予想できたんだ」

「それが、仲子と何か関係があるの？」

真弓が聞いてきた。

「おれは、いつも目の前の現実を見つづけている。そのおれが、たった一度、遠くを見たのが、あの小説だったんだ。おれにとって仲子は、どうにかしたい相手じゃなくて、あこがれの対象だったんだよ」

「もし、仲子が、ゴール前に転がってきたらどうする？　あのときの私のように」

香織がからかうように言った。ぼくには答えようがなかった。仲子が、ぼくの膝《ひざ》に乗ってくる。抱いて、と言う。そんなことが考えられるだろうか。

「飛びついて押さえ込んだりしない？」

香織が笑いながら言った。

「多分ね」

ぼくは、そっけなく答えた。

「仲子も私も同じなの、前野くんにとっては？」

意地悪なことを、香織は聞いてきた。

「そのときになってみないと分からない」

ぼくは拗《す》ねたように答えていた。

橋の上を、涼しい川風が吹き抜けていく。

「いい風……」

真弓が、頰を風に当てるようにして言った。風は一瞬だけで、また、ねっとりとした暑さがもどった。一陣の涼気を感じてしまうと、いっそうむし暑く思えてくる。

「私……松村と結婚するわ」香織が突然言った。「結婚式には、この橋で集まったひとは、誰も呼ばない。他の友達を招待するの」

暑さを持てあましてなげやりになった、そんな言い方だった。

「どうしてよ」

真弓が抗議するように言った。

「来て欲しくないの、この橋で会っていたひとには」

「そんな結婚、どうしてするんだよ」

ぼくも、真弓と同じ口調で言った。

「一度くらいお金持ちの気分を味わってみたいのよ。私の家は、ずっと貧乏だったから」

「つまらないことだと思うわ、そんなこと」

　夏絵が言った。

「分かってる」

「お金なんて、すぐ飽きるわ」

　真弓も言った。

「分かってる」

　香織は、そのまま欄干にまで歩いていって、橋の下を見下ろした。いつのことだったのだろう。児玉がいきなり橋から飛び降りた。橋の下に、そのときの澱《よど》みが見えている。

「ひとつだけ言いたいことがあるの、前野くんに」

　香織が欄干から振り返った。

「何だい？」

「私は、今、自分を安売りしようとしている。玉の輿に乗ったからって、美しさを高く売ったわけじゃないことは、自分が一番よく分かってる。でも、私は、竹井や西条とのつき合いで、自分を安売りしてたわけじゃない。私は、自分の美しさを安売りしてたんじゃないわ。私には、自分が美しいって思えたことがないのよ。今でも、そう。お前はきれいなんだ。撮影しているときに、児玉が何度もそう叫んでたわ。でも、私は、それを信じていたわけじゃない」

「きみはきれいだよ。美しさが、あのフィルムにはちゃんと映っていた」

ぼくは言った。

「私は、この橋の人間とのつき合いで、自分を安売りしたことは一度もない。それだけは、前野くんに分かってほしいの」

香織が、こんなに強い言い方をしたことはなかった。ぼくに向かって、抱いて、と言ったときも、こんなに強い言い方ではなかった。

「分かったよ」

ぼくも強く言い返した。

「竹井と一緒に頑張ってね」

香織が、真弓のそばに行った。

「うん……」

真弓が答えた。

「私、行かなきゃ。三時に、ニューオータニのティールームで松村と会うの」

香織が、ぼくたちに向かって笑った。その笑顔に、ぼくたち全員が淋しいものを感じていた。

香織は、派手なシャツの後ろ姿を見せて去っていった。その後ろ姿に、香織が持ちつづけていたなげやりさと、人生を決めてしまった人間の落着きがあった。

「うまくいくと思う、香織の結婚？」

後ろ姿を見ながら、真弓が不安そうに言った。

「意外とね」夏絵が大人の女の口調で言った。「香織は、結婚に多くを望んでないから」

橋から、香織の姿が消えた。

「私、香織と伸子が、月の光の下で踊った姿を一生忘れないと思う」

真弓が感情を込めて言った。

「おれもだよ」

この橋での出会いを、一番大切にしていたのは香織かもしれない。ぼくは、そのとき思っていたのだ。

誰もいなくなった橋のたもとを、夏絵が見つめつづけている。その年の橋に、川口は、とうとう来なかった。

第十章　十年目の橋

1

朝、起きると、雨になっていた。

久しぶりの雨だった。このところ暑い日々がつづいていたので、起きて雨を見たときには、ほっとした気分になった。

橋で会う日が来ても、誰からも連絡がなかった。これが最後になるだろうという予感が去年の橋にあったから、とりたてて落胆をすることはなかった。

「橋に行ってくる」

ぼくは、傘を持って、店を出た。

「誰も来ないんでしょう、今年は?」

由美子が送ってくる。由美子は、二人目の子供を妊娠していた。

「これで最後だって、確認してきたいんだ」

「そんなに大事なものなの、あの橋は、マサヒロにとって」

「妬《や》くなよ」

　そう言って、ぼくは店を出た。

「妬きません」

　由美子が笑いながら見送った。

　初めのうちは、様子が分からなくて、本気でヤキモチを妬いていた由美子だったが、慣れてくるにつれて、関心が薄らいでいった。年に一度の同窓生の集まり、それだけのことだと思えたらしかった。

　橋の上での出会いは、単なる同窓生の集まりではなくなっている。そこに入れない由美子が嫉妬《しっと》をしても当然の、強い絆《きずな》が出来ていた。高校時代には見せていなかった自分を、みんなが見せるようになっていた。

　雨の橋を眺めて帰ってこようと、ぼくは思っていた。試合が終わって、誰もいなくなったフィールドを見つめているゴールキーパー。それと似た気持ちだった。

　橋に上がっていくと、真ん中に、ひとつの傘があった。男物の傘だった。

　川口だと思った。

川口は、また、ぼくの店に現れるようになっていたのだ。

「ヨリをもどしたのか、夏絵と？」

久しぶりに店に現れたときに、ぼくは聞いた。聞いたというより、詰問したと言った方がいいかもしれない。

「うん」

「どうして？」

「理由がいるのか、ヨリをもどすのに？」

川口が言い返してきた。

「いるよ」

ぼくは怒ったように言っていた。

「おれには夏絵が必要だ。それだけのことだよ」

「何のために？」

「おれと夏絵のことが、お前と関係があるのか？」

ぼくがしつっこく言うので、川口は怒った顔になっていた。

「お前は、夏絵と会った後で、また店に寄っている。充分関係あるじゃないか」

ぼくは、半分は冗談にして言った。川口は困ったような顔になって、少し考えてから、ぼくに説明をした。

「夏絵と会っていると、気持ちが不安定になる。そう思って、会うのをやめたんだ。でも、会わないでいると、いっそう不安定になる」

「煙草をやめるのと同じだよ。最初はイライラするけど、そのうちに慣れるよ」

「夏絵は煙草とは違う！」

川口があまりに真剣に言うので、つい笑ってしまった。

「何がおかしい」

「お前が、そんなに真剣な顔をするからだよ」

「真剣なんだよ、おれは」

「奥さんは疑ってないのか？」

ぼくは、去年、夏絵に聞いたのと同じ質問をした。

「全然」

川口が、夏絵と同じ答えをした。

「お前が、そう思ってるだけじゃないのか？」

「家では、いつもゴロゴロしていて、子供と遊ぶ以外に能のない人間が、外で女と会っているなんて想像出来ると思うか？」

川口が、夏絵とまったく同じことを答えるのがおかしかった。

「お前の奥さんは、目に見えてる以外のことを想像するなんて、したことがない人間なんだろう?」

「どうして、そんなことが分かるんだ?」

川口が驚いた顔になった。

「夏絵が同じことを言ったんだよ、自分の旦那《だんな》のことで」

「お前、そんなことを夏絵と話したのか?」

「そうだよ。お前が、どうして夏絵と会うのをやめたか、彼女から聞いたよ」

「何て言ってた、夏絵は?」

「女は化粧をすることで、別の女になれる。でも、男は、別の男になれないまま、女と会って、別れていく。だから、ときどきしんどくなるんだって、夏絵が言ってた」

川口は、しばらく黙りこんでいた。店の中央に並べてあるワインの瓶を手に取って、無意味に眺めてから、また置いた。

「夏絵は、おれの気持ちが分かってる。おたがいの気持ちが、こんなに分かってる人間がいると思うか？　だから、おれは、夏絵と別れられない」

川口は、自分に言い聞かせるように言った。

「また、ここに寄っていいか？」

どう答えようかと、ぼくは、しばらく迷ったのだ。夏絵と逢引《あいび》きをした後で店に寄ることを承諾すると、二人の関係は、このままつづいていくことになる。拒否すると、川口は、平凡な男にもどるきっかけを失って、夏絵と別れることになるかもしれない。ぼくの答え方しだいで、これからの川口と夏絵の関係が決まることもあると思うと、すぐには返事が出来なかった。

川口が、店先に立って、ぼくの返事を待っている。

「いいよ」

不安気な川口の顔を見て、ぼくは答えた。

「そうか」

川口は、ほっとしたように笑って、帰っていった。

「嬉《うれ》しそうじゃない、川口くん？」

奥から、由美子が出てきた。

「うん」

「何があったの？」

「学校で、いろいろと大変らしいんだけど、頑張れって、おれが励ましたんだよ」

配偶者以上に、自分の気持ちを分かってくれる人間を持ってしまった。それは、夏絵と川口にとって、幸せなことなのだろうか。それとも、不幸なことなのだろうか。

雨が降りつづいている。夏の雨というより、秋を思わせるような細かな雨だった。

ぼくは橋を渡っていった。雨が足音を消すのか、川口は、ぼくが近づいていくのにも気づかず、川の流れを見つめている。

近づいていくと、ジーンズの下にヒールのついた靴が見えてきた。スラリと伸びた脚も、男のものではない。香織だろうか。いや、香織の足はもう少しボリュームがある。

動悸《どうき》が早くなっていた。いつか、伸子が、男物の傘を差してきたことがある。

2

気配を感じて、傘が動いた。

「前野くん……」

伸子が嬉しそうに笑った。

「どうしたんだ？」

ぼくは硬い表情をしていたと思う。

「どうしたって？」

仲子が、けげんな顔になった。

「来るのなら、おれのところに電話をすることになってるじゃないか」

「それで怒ってるの？」仲子は笑いながら言って、「ゴメンね」

と、小さく舌を出した。

すぐに言葉を返せなかった。突然のように茶目っ気のある表情をする仲子に、何度切ない気持ちにさせられたか、仲子は知っているだろうか。

「今年は誰も来ないんだよ」

ぼくは言った。

「どうして来たの？　それが分かってて」

「なんとなく、ひとりでこの橋に立ってみたかった」

「私も、そう……」

仲子は川の方に目を向けた。しばらく黙ったままでいる。同じ姿勢のままで、仲子が言った。

「私、アトランタに行くの、来週」

「アトランタ？」

「そう」

「仕事なのか？」

「向こうにある外国の通信社に、もぐり込むことに成功したの」

「彼と一緒なの？」

「彼とは別れたわ」

「………」

「彼に怒られた。おれを非難しておいて、その上で捨てるのかって」

「彼は好きだったんだ、伸子のことを」

「悪かったたって、非難したことを謝ればよかったんだと思う。そうすれば、別れたとしても、彼の心の中ではいい女でいられた」

「謝らなかったのか？」

「非難するようなことをしたのは、あなたでしょうって、私は言い返したの。いやな女でしょう？……やさしくない女」

伸子は、川を見たまま呟《つぶや》くように言った。

いつもは、上流まで見えている川が、雨に消されて、近くの風景しか見えなくなっている。ぼくと伸子の傘は、霞《かす》む雨に包まれていた。

仲子は、艶《つや》のある黒いシャツに、黒のコーデュロイのパンツを穿《は》いていた。輝きを抑えたゴールドのベルトが、鮮やかなアクセントになっている。仲子の袖《そで》のまくり上げ方が、僕は好きだった。一見無造作に見えて、ラフなまくり方が全体を柔らかく見せることを、仲子は昔から知っていたと思う。

「私、彼にきついことを言ったでしょう。妥協する姿を見るために、あなたについて来たんじゃないって」

「うん……」

「私が男なら、彼も言い返してきたと思う。それなら、お前がやってみろって」

「……………」

「言葉で人を非難するのは、簡単なことよね。私、自分がやってみようと思ってるの、どこまで現実と妥協しないでやっていけるか。彼と同じように、現実に押しつぶされて傷つくことになるかもしれない。でも、それが、彼に対する愛情だと思う。傷ついた彼に、やさしい言葉をかけてあげられなかった、やさしくない女に出来る精一杯の愛情だと思う」

「凄《すご》いな」

ぼくは言った。

「何が凄いのよ」

仲子が怒ったように言う。

「仲子は、おれなんかよりもっと大きな世界で生きていく人間なんだって、去年、香織に言ったんだ」

「香織、何て言ってた?」

「前野くんが勝手に思ってるだけよ。人は見せかけとは全然違うのよって」

「そうよ」仲子は、ぼくを見て笑った。「香織だって、見せかけの彼女よりも、ずっと繊細だったじゃない? 人生について、ずっと深く考えていた……私は香織が好きだったの。もともと好きだったっていうより、この橋で会っているうちに好きになったと言った方がいいかもしれない」

「ここでの出会いを一番大切にしていたのは、香織だって気がする」

ぼくは、去年、この橋で思ったことを言った。

3

「香織が電話してきたのよ。結婚することにしたって」

「そうか……」

「地元の人でしょう。前野くん、結婚式に出たの?」

「香織は、この橋で会った人間は、誰も呼ばなかったんだ」

「どうして？」

「祝ってほしい結婚じゃなかったからだと思う」

「そんな結婚、どうしてするのよ」

「ぼくも、そう言った。真弓も言ったし、夏絵も言った」

「みんなに祝って欲しくない結婚なんか、しないで欲しい」

　伸子は悲しそうな顔をした。

「香織は落着きたかったんだと思うよ。人生で初めての落着きを、今、得ているんじゃないかって、おれは思ってる。自分がのめり込むほど愛している相手でもない。お金に不自由することもない。両親の心配をすることもない。一度は、そんな生活をしたかったんじゃないかな」

「そう……」

「香織は、おれに言ったんだ。西条や竹井とのつき合いで、私は、自分を安売りしたことはない。私は、初めて人生を安売りするのよって。それを、おれに分かって欲しいって。香織が、あんなに強い口調で言うのを聞いたのは、初めてだった」

「前野くんは、香織に誘惑された仲だから」

仲子が、いたずらっ子のような目になっていた。

「香織の誘惑を跳ねのけるなんて、普通の男の人なら出来ないわ。前野くんにしか出来ないことよ」

「堅物《かたぶつ》だって、バカにしてるのか」

「奥さんのことすごく愛してるんだなって、そう思ったの」

「そんなんじゃないよ」ぼくは強く言った。「香織の誘惑を断わったのは、そんなことじゃない」

「じゃ、何？」

仲子の目が、笑いを湛《たた》えてからんでくる。

「やめよう、もう、その話題は」

「まだ、答えをしてもらってないわ」

仲子はやめなかった。

「何の？」

「前野くんが、どんなに奥さんのことを愛してるか」

そう言ってから、仲子は笑って、自分で話題を変えた。

「やめよ、前野くんをいじめるのは」

「そうだよ」

ぼくも笑った。

「本当に誰も来ないの？」

仲子が、人影のない橋を見ながら言った。

「うん」

川口は、学科の研修会で松本に行っているのだと、夏絵から連絡があった。川口が行かないのなら私も行かないと、夏絵は言ってた。香織は、結婚してから音沙汰《おとさた》がない。児玉は、ロスに行ったままだ。竹井は、大阪で頑張っている。仲居さんで頑張っています、ひと月ほど前に来た真弓からの葉書に、そう書いてあった。

「真弓、竹井くんと一緒に大阪に行ってるんだって？」

「驚いただろ、竹井と真弓の組み合わせには」

「うん……真弓が、仲居さんで働いてるっていうのには、もっと驚いたけど」

「いろんなことがあったんだよ、この橋で」

「香織が同じことを言ってた……」

「昔は見せなかった自分を、みんなが見せるようになったんだ」

「そう……」

「西条だって、高校のときには、斜《しゃ》に構えることが好きな皮肉屋としか、おれは思っていなかった。竹井も、そうだ。正論ばかり言ってる理屈っぽい人間としか思っていなかった。真弓も、そうだよ。おれは、真弓の心の奥にあるものなんか、まるで知らなかった」

「何があったの、真弓の心の奥に？」

「贋物《にせもの》の愛情でもいいから、しがみつかせて欲しいと思ってる、子供の頃からの淋《さび》しい気持ち」

「真弓が？」

「思ってもいなかっただろう？」

「ええ」

「夏絵も、川口も、児玉も、昔、思ってたより、ずっと複雑な人間だった」

川口と夏絵の関係を知ったら、伸子はどう思うだろう。伸子の感想を聞いてみたかった。

「月の光の下で、きみと香織が踊った姿を一生忘れないって、真弓が言ってたよ」

「私も忘れない」

伸子が大きな息をして言った。

4

「ねえ、向こうの端まで歩いていって、ここまでもどって来ない？」

仲子が橋のたもとを指した。

「え？」

「橋を歩きたいの」

長い木橋の上には、人影がなかった。下流に新しい橋が出来てからは、地元の人がたまに渡る以外に、車の通行もほとんどなくなっている。雨の日にはとくに、渡るものがなかった。

ぼくと仲子は、傘を並べて橋を歩いていった。

「橋を歩いて渡ったのは、初めてかもしれない。高校のときは、いつも自転車だったもの」

「そうだな」

「私、今日、橋に来る前に、御旅屋《おたや》町に買物にいったのよ」

仲子が前を見たままで言った。

「店に寄ってくれればよかったじゃないか」

「そのつもりだったのよ。私が、前野くんの店まで行ったら、奥さんが表を掃除していた」

「お腹が大きかっただろう。ふたり目が生まれるんだ」

「少し肥《ふと》って見えたのは、そのせいなの？」

「どっしり構えてるよ、最近は」

ぼくは笑った。

「前野くんのお店を掃除することが、子供の頃から、ううん、前世から決まった仕事だっていうような落着きが、奥さんにはあったわ。私には、これ以外のことは考えられないって……私、それを見ているうちに声をかけられなくなったの。そのまま店の前を通り過ぎて、この橋まで来てしまった」

「どうして？」

「どうしてかな……きっと、嫉妬してたんだと思う」

「嫉妬？」

「大きなお腹をして、店を掃除している奥さんの姿に」

伸子が何を言おうとしているのか、ぼくには分からなかった。

「私も、あんな風に、この街で生きていきたかったって、そのときに思ったの。あんな風に、どっしりと構えて、生活っていうものをしてみたかったって」

「しようと思えば出来たじゃないか。きみも、家を継げばよかったんだ。きみと一緒になって、老舗《しにせ》の菓子屋を継いでもいいっていう男は、いっぱいいるよ」

「そうかな……」

仲子が足をとめた。細かな雨の向こうに、仲子の顔が見えていた。その目が、雨に濡《ぬ》れたように光っていた。仲子は、ぼくを見つめたままで言った。

「私、高校のときに、何度も想像したことがあるのよ。前野くんのお店で働いている自分を」

5

仲子の言っていることの意味が分からなかった。どう対応していいか分からず、ぼくは歩き出していた。仲子がついてくる。

「みんな、この橋で、本当の自分を見せたんでしょう。私だって、最後に、本当の自分を前野くんに見せる権利はあるじゃない?」

仲子が拗《す》ねたような言い方をした。仲子が、そんな言い方をしたのは初めてだったと思う。

「本当の自分って、何だよ？」

ぼくも拗ねたような言い方になっていた。

「私は、高校のときから、前野くんにあこがれてたの」

仲子は、はっきりと言った。

「どうして、今になって、そんなことを言うんだ」

ぼくは、強い口調で言い返していた。これが最後の出会いだからといって、仲子が、冗談のように、ぼくに対する気持ちを言うのが気にくわなかった。ぼくにとって、仲子のことは、冗談にしてしまえることではない。

「だって、前野くん、冷たかったもの、私には」

仲子が笑いながら言った。

「冷たかった⁉」

「大阪に行ったときに電話をしたのよって、昔、言ったら、どうしてそんなことをするんだって、不思議そうな顔をしてたわ。おれには関係ないことだって言わんばかりに」

「あれは……」

違うんだと言おうとして、ぼくは絶句してしまった。仲子が、どうしてぼくなんかに電話をしようと思ったりするのか、それが不思議だったのだ。

「この橋で会っても、私とは、ほとんど口をきいてくれなかった」

「それは……」

気軽に口をきけなかったのは、伸子が好きだったからだ。

「香織が、前野くんを誘惑したって言ったとき、私も言ったのよ。何かあったら、私も、前野くんに抱きしめてもらおうかなって」

その言葉は、はっきりとおぼえている。

「そうしたら、前野くん、うるさそうに川の方に行ってしまったじゃない」

あのときは、気持ちが動揺して、どんな顔をしていいのか分からなかったのだ。

「きみは、ぼくなんかにあこがれる女じゃない」

ぼくは立ち止まって、やっとそれだけ言った。

「ひとは見せかけているのとは違うのよって、香織が言ったんでしょう？　勝手に決めつけちゃだめだって」

伸子が笑いながら言った。

「昔、高岡高校とのサッカーの試合を、みんなで応援に行ったことがあるわ」

「うん」

「ゴールキーパーの前野くんは、ボールが遠くにあるときは、自分とは関係のないような顔をして立っていた。それが、おかしかった」

「コーチによく怒られたんだよ。もっと、遠くを見ろって。すべてのプレーヤーを見て、試合を組立てろって。でも、おれは、ボールが遠くにあるときには、どこか他人事のように思ってしまうところがあったんだ。それが、おれの限界だった」

「でも、ボールが近づくと、前野くん、これはおれのボールだ、絶対に逃さないって、そんな顔になったわ。私、そのときの前野くんにあこがれたのよ。この人は、自分の出来ることだけを考えている。自分が何をすべきかなんて、少しも考えてない」

「…………」

「前野くんが、見合いで結婚したとき、みんなは驚いたけど、私は驚かなかった。前野くんは、それが自分にとって一番いい選択だってことが、よく分かっていたのよ。目の前の現実だけをしっかり見て、遠くを見て余計なことを考えたりしない。私は、そのときにも思ったもの」

「…………」

「私は、いつも、自分に出来ることじゃなくて、やるべきことをしようとしてる。だから、いつまでも落ちつかないんだって」

「やるべきことをしているから、きみは大きくなっていくんだよ」

「私は、本当は大きくなんかなりたくない。私は、アトランタになんか行きたくないの。私は、やるべきことをするんじゃなくて、前野くんのように、出来ることだけをする人間になりたかったの。地元にいて、どっしりと構えて、店の表を掃除して……」

「あこがれと、本当に欲しているものは違う」

仲子の言葉を遮るようにして、ぼくは言った。口調が冷ややかになっていたかもしれない。高校のとき、小説に書くことによって、心の奥に押し込んでしまった仲子に対するあこがれ。それを、今になって、引きずりだしてもらいたくなかった。

「きみは、自分が出来もしないことだから、酒屋の女房にあこがれてるだけだ。もし、現実のことになったら、きみは、遠くに逃げていってしまってる」

仲子は黙っていた。

「地元の酒屋の女房になったことを、きみは、しばらくは幸せに思っているだろう。でも、きみは、それだけでは生きていける女じゃない」

ぼくは、懸命に自分に思い込ませようとしていた。仲子と自分は、遠く離れた人間であることを。違った世界で生きていく人間だということを。

「店の商品を補充し、注文を届け、空き瓶を回収し、客やメーカーの営業マンと対応し、酒販組合の会合や商店街の集まりに出て、月に一度の消防訓練に出るような生活。急激な変化を嫌って、明日が今日とは違わないことを望んで生きていく生活。そんな生活と、明日が今日とは違うことを望んで、明日の自分が分からないことに賭《か》けていくきみの生活とは、まったく違うものなんだ」

ぼくは必死で言っていた。

伸子は、黙って聞いていた。いつのまにか、ぼくたちは橋のたもとまで来ていた。

「回れ右」

伸子が笑って言った。

ぼくたちは、向きを変えて、また歩き出した。

6

「おれは、きみのことを小説に書いたことがある……」

しばらく歩いてから、ぼくは言った。

「え?」

「進学塾のZ会って知ってるだろ。あそこで小説のコンテストがあったんだ。ぼくは、高校のとき、それに応募したことがあるんだ。きみのことを書いて」

「私のことを……?」

「陸上部にいたきみをだよ。短距離のトラックを疾走するきみを。汗にまみれたきみの顔を、きみの髪を、きみの足を」

「…………」

「近所の少年が、あこがれの目でそれを見ているって設定だった。でも、あこがれていたのは、ぼく自身だった。おれは、小説を書くことで、きみへのあこがれを、心の奥に押し込んでしまったんだ」

「なぜ?」仲子が言った。「なぜ、そんなことをしたの?」

「きみが、ぼくの手の届くような女ではないことが分かっていたから」

「私はあこがれの女なんかじゃないわ。手を伸ばせば、届くところにいた女なのよ。手を伸ばして摑《つか》んでもらいたがっている女だったのよ」

ぼくは、仲子を見た。仲子の目が強い光を宿している。その目の中に、ぼくは、仲子の欲望を見た。ぼくが、仲子を生身の女として見たのは、そのときが初めてだった。

「世の中には、二種類の人間がいるって、おれは思ってる。幸せだけで生きていける人間と、幸せだけでは生きていけない人間と」

ぼくは、生身の仲子を、遠くに追いやってしまいたかった。今さら、生身の仲子が近づいてきたからと言って、どうなるというのか。

「幸せだけでは生きてはいけない人間？」

仲子がけげんな顔で言った。

「幸せがつづくと窒息しそうになる人間だよ。香織は、本当は、ロスにいる児玉のところに行きたいって言ってた。自分と児玉にとって、それが幸せなことは分かってるって」

「なぜ、行かなかったの？」

「児玉が幸せだけで生きていける人間ではないことを、香織が知っていたからだよ」

「香織は、どうなの？」

「幸せだけでは生きてはいけない人間……でも、香織は、一度は幸せを手にしてみたかったんだと思う。型通りの幸せを」

「真弓は？」

「幸せだけでは生きてはいけない人間……だから、彼女は、もう少しで幸福になれたのに、それを投げ捨てて、竹井のところに行ってしまった」

「竹井くんは？」

「本当は、幸せだけで生きていける人間…… でも、本人が、それを分からないままでいる」

「西条くんは？」

「西条は、竹井と同じなんだと思う。本当は、幸せだけで生きていける人間……でも、竹井のために、それを拒否しなければいけないと自分で思い込んでいた。おれは、今は、そんな西条が、すごく好きなんだ」

「夏絵は？」

「幸せだけでは生きてはいけない人間」

「夏絵が？」

「おれも思ってもみなかったことだけどね」

「川口くんは？」

「幸せだけで生きていける人間」

だから、ときどき、夏絵との関係が重荷に思えてくるんだと、ぼくは心の中で言った。

「私は、どっち？」

伸子が言った。

「幸せだけでは生きてはいけない人間」

「幸せにはなれない人間？」

「幸せだけだと窒息しそうになる人間。通りいっぺんの幸せでいいなら、きみは、とっくにそれを摑んでる」

「………」

「きみは、幸せよりも、もっと激しいものを追い求めていく人間だよ。近くのものではなく、遠くにあるものを摑んでいこうとする人間なんだよ」

「前野くんは、どっち？」

「おれは幸せだけで生きていける人間なんだ。だから、さっさと見合い結婚をした。きみに対するあこがれを、心の奥にしまい込んで」

橋の真ん中まで来た。伸子がぼくを見てくる。たじろぐほど強い目だった。

ぼくも、伸子を見つめ返した。突然のようにぼくに近づいてきた伸子を、何とか理屈をつけて遠くに追いやった。今さら近づいてきて、どうなるというんだ。ぼくは、自分に言い聞かせた。おれは現実的な人間なんだ。やるべきことをするのではなく、できることをする人間なんだ。

伸子の目が、突然のように濡れた。涙が目にあふれてくる。涙は、頰《ほお》を伝って流れ落ちた。伸子がなぜ泣くのか、そのときのぼくには、不思議なほどはっきりと分かっていた。伸子は、ぼくが、一生懸命自分に思い込ませようとしていることが分かったのだ。自分と伸子が、遠く離れた人間であることを。

「相合い傘をしてもいい？」

濡れた目のままで、伸子が言った。返事をしないうちに、伸子は傘を畳んで、ぼくの方に入ってきた。

伸子の匂《にお》いがする。香織の匂いとは違う、どこかきりっとした匂いだった。でも、やはり女性特有の甘い柔らかな匂いがして、それが、ぼくを切なくさせた。

「お店にあるものを差してきちゃったの」

男物の傘を畳んで、伸子が恥ずかしそうに笑った。

「いつかも、きみは、男物の傘を差してきた。日傘代わりに」

「そう」

「何年も前だよ」

「よく覚えているわね」

「お店にあるものを持ってきたのよって、そのときも言った。でも、おれは、日傘を差して歩くなんて女っぽいことをしたくないから、わざと男物の傘を持ってきたんだって思っていた」

「よく分かってたんだ、私のことを」

「そうだよ。きみが橋に何を着てきたか、ぼくは全部言うことが出来る」

「…………」

仲子が、ぼくの手を摑んできた。仲子が、意志的にぼくの体に触れたのは、それが初めてだっただろう。

「あこがれと、自分が本当に欲しているものとは違う」ぼくは、もう一度言った。「きみが今めざしていること、それは、きみが一番欲していることなんだ」

仲子が、ぼくの手を強く摑んできた。仲子の手から温《ぬく》もりが伝わってくる。その温もりを、ぼくは自分のものに出来たかもしれないのだ。汗にまみれてグラウンドを疾走する少女として、仲子を心の奥底にしまい込んでしまわなかったら。

ぼくの目の前にいるのは、生身の仲子だった。

黒髪から漂ってくる甘い匂い。高い湿度が、匂いをいっそう刺激的なものにしていた。仲子の肉体《からだ》を包む淡いトワレの香り。そのなかに、ぼくは、百メートルを疾走する少女の匂いも敏感に嗅《か》ぎとっていた。掌から伝わってくる肌の感触。初めて聞く仲子の息の音。息の香り。

そのすべてを自分がどんなに欲しがっていたか、ぼくは、そのとき、切ないほど思い知らされていた。仲子の息の音を、息の香りを、自分のものにしてしまいたい。

ぼくは、仲子を見つめた。切れ長の仲子の目が、まっすぐにぼくを見つめてくる。ぼくは、仲子が自分と同じ欲望を持っていることを、はっきりと感じた。

ぼくは、雨の中に傘を放り出そうとした。その前に、仲子の手が、ふっとぼくから離れた。手が触れているときは、長い時間のように思えていたのに、離れると、あっけないほど短い時間だった。

「私は、幸せだけでは生きていけない人間。幸せだけだと窒息しそうになる人間。近くのものではなく、遠くにあるものを摑んでいこうとする人間……」

仲子が、ぼくの言葉を繰り返した。ぼくに、そして、自分に言い聞かせるように。

ぼくたちは、しばらく黙ったまま立っていた。どのくらいの時間が経過したか分からない。自分が傘を差していることも、ぼくは忘れていた。

仲子が、ぼくの傘から出ていって、自分の傘を差した。拡《ひろ》がった黒い傘が、一瞬だけ絡み合った二人の欲望を断ち切ってしまった。

「行くわ」

仲子は歩き出した。

男物の傘がひとつ、橋を遠ざかっていくのを、ぼくは見送っていた。風が出てきていたが、仲子は、傘を斜めにして雨を受けようとはしなかった。まっすぐに傘を差したまま、仲子は歩いていった。

仲子が振り向かないことは、ぼくには分かっていた。橋のたもとまで行って、仲子は、くるくると傘を廻《まわ》した。そして、橋から消えた。

ひとりになってから、ぼくは、長い時間、橋に立っていた。どのくらい立っていたのだろう。ゆっくりとしたスピードで橋を渡っていった軽トラックの排気ガスの匂いが、ぼくを現実に引きもどした。

ぼくは、もう一度川を眺めて、橋を渡っていった。

伸子がしたように、ぼくも、後ろを振り向かなかった。

解説

澤島優子

「橋の物語を書きたいんだ」

鎌田さんは静かな声でそう言った。

当時「野性時代」という小説誌の編集部にいた私は、書籍編集部の男性編集者とともに、鎌田さんに新しい連載をお願いすべく、渋谷の仕事場にうかがっていた。その日、私たちに連載の具体的な腹案があったのかどうかは忘れてしまった。私は編集担当を前任者から引き継いだばかりで、鎌田さんと仕事の打ち合わせをするどころか、お目にかかるだけでもひどく緊張していたからだ。'95年の春のことだ。

「橋の物語」は、鎌田さんにとって、長年あたためてきたストーリーのようだった。思い出の橋の上で、毎年一度、高校の同級生の仲間たちが会う約束をする。その橋の十年間を描きたいんだよ、と鎌田さんは言った。ドラマにしようと思ったこともあったのだけれど、実現が難しくてね、とも言われた。確かに、連続ドラマで登場人物が毎週一歳ずつ年をとっていくというのは至難の技に思われた。子役や老け役を演じることはできても、二十四歳と二十五歳、三十三歳と三十四歳という演じ分けはどんな名優にもできそうにない。「だから、小説でやってみたいんだ」鎌田さんは、静かだけれど、宣言するようにそう言った。

こうして、橋の物語はスタートした。筋立てはできている。あとは橋の舞台をどこにするかということが打ち合わせの主題になった。日本のあちこちの川を提案した。新幹線からちらっと見ただけの川を思い出したり、土木建築の専門誌で橋の写真を探したこともあった。けれど、鎌田さんの求める橋はなかなか見つからなかった。どんなきっかけだったか、私の故郷の話になったとき、その町には川が流れているの？　そこを見てみたいなあ、と鎌田さんに言われ、話はとんとんと進み、夏の盛りの頃には、私の生まれた町に取材に行くことになった。小説の舞台となった、小矢部川の流れる北陸の小さな町である。

鎌田さんと一緒に町を歩きながら、私はいつしか別な目で自分の生まれた土地を見ていることに気がついた。建て替えられた中学校の校舎を見ていると、古い校舎には中庭が二つあって、どの教室にも日が射していたことを思い出した。グラウンド脇《わき》の坂道でボーイフレンドのサッカーの練習を見ていたこと、自転車で走り抜けた旧街道の道、同級生の生家の老舗《しにせ》和菓子屋、冬には凍結したコンクリートの橋……とりとめのない話をしながら、鎌田さんはどこまでも歩いた。車を拾いましょうかと声を掛けても、「いやいいよ、歩こう」と言って、何かを確かめるようにゆっくりと歩いていた。濃緑の稲穂が風に揺れるのを見ながら「豊かな土地だね」と呟《つぶや》いた鎌田さんは、橋の欄干から少し身を乗り出して夏の光に輝く川面《かわも》を黙って眺めていた。自分の生まれた町、自分が離れてしまった町を、私はそのときはじめて美しいと感じた。豊かな土地だと言われたことが無性に嬉《うれ》しかった。

物語には十人の登場人物がいる。高校の同級生の男五人、女五人である。そのキャラクターをつくり上げるため、鎌田さんは私に、高校のクラスメートの卒業後の消息を教えてほしいと言った。私は友人を何人か思い出し、彼らが今どこでどうしているかを調べ、メモにして渡した。結婚した人、離婚した人、医者になった者、消息がわからない者、東京に暮らす人、実家を継ぐために帰った人……高校卒業後十年も経《た》てば、私自身も含めて人生いろいろだった。鎌田さんは私だけではなく、知り合いの編集者や若い友人に、同じように高校時代の同級生のことやその後の消息を取材していたとあとで知った。

鎌田さんは、希代の聞き上手である。相手に無理強いせず、それが取材であることも気づかせず、まったく自然に、ふんふんと話を聞いてしまう。取材で宿泊したホテルで勧められた寿司屋に行ったときもそうだった。地元の常連客が数人、カウンターの隅で世間話をしているのを、鎌田さんと私は刺し身をつまみながら聞くともなしに聞いていた。お見合いとか、仲人さんが、など時々聞こえてくる言葉の端々でそれが誰かの縁談話だということがわかった。そのうち客の一人が話しかけてきたのだったか、それとも鎌田さんの方から声を掛けたのだったか、「こちらのかたですか」「いえ、東京からです」というやりとりになった。鎌田さんが、「彼女はこっちの生まれなんですよ」と私を指して言うと、「へえ、どこの人け?」と突然くだけた土地の言葉で尋ねられ、私が自分の町を伝えると、「ああ、○○さんとこのそばやな」とうなずき、場は急になごやかになった。どうやらその客たちは鎌田さんと私を夫婦と勘違いしたらしかった。それを鎌田さんは否定するでもなく、あれこれおしゃべりをしている。最後に鎌田さんが「こちらの女の人はだいたいどんな性格なんでしょうね」と尋ねると、客の一人が一際大きな声で、「そりゃあ、働き者やぞ。でも頑固やなあ」とちらりと私を見て笑った。鎌田さんも笑った。帰り際、「あんたはやさしい旦那《だんな》さんをもらったな。幸せやな」と口々に客から冷やかされ、私は馬鹿みたいに照れたが、鎌田さんは取材で出会うすべてのことを心から楽しんでいた。

道を聞くために入った本屋で、こちらが恐縮するほど親切にしてくれたおばあさん、紡績工場を利用して建てたホテルの見学を断られ、次の取材でわざわざそこに宿泊したこと、潮の香りが満ちている河口近くに係留された古びた漁船、スナックのおもしろい看板……

町を歩きながら、鎌田さんはすべてのものを見、すべての音を聞いていた。通り過ぎる人の顔つきや電車に乗りこんできた子供たちの歓声まで、その何もかもが鎌田さんの心の中に大切にしまわれていったのだと思う。取材や打ち合わせの間に、私はその頃つき合っていた恋人のことや田舎で暮らしているはずの昔のボーイフレンドのことまで、すっかり鎌田さんに話してしまったような気がする。聞き上手おそるべし、である。

いろんな人から聞いたいろんな話、いろんな場所で感じたいろんな空気、たくさんの人の記憶や想《おも》いが鎌田さんの中で熟成され、練り上げられ、小説『揺れる夏　追憶の橋』*は完成した。私はまるで奇跡を見るように新しい物語の誕生を見ていた。最初の打ち合わせからちょうど三年目の春のことだ。

あれからさらに三年が経とうとしているが、鎌田さんの描いた青春は今もまったく色あせていない。読者はこの物語の中に、旧《ふる》い友人の顔を見つけるだろう。憧《あこが》れのクラスメートを、苦い思い出の初恋相手を、永遠のライバルを。そして、あの季節を懐かしく思い出すにちがいない。あるいは、自分自身の姿を発見するかもしれない。仕事の岐路に立たされた自分や、不倫の恋に我を見失いそうな自分、家族との関係に悩んでいる自分や、人生の目的を見つめ直そうとする自分を。ここには、迷い、戸惑い、傷つきながらも、大人になろうともがいている若者たちの、確かな実感が描かれているのだ。

（フリー編集・ライター）

＊単行本のタイトルは『揺れる夏 追憶の橋』として、小社より刊行いたしました。

本書は一九九八年四月に小社より刊行された単行本『揺れる夏　追憶の橋』を改題のうえ文庫化したものです。（編集部）

クロスロード

鎌《かま》田《た》敏《とし》夫《お》

角川文庫 11843

平成十三年二月二十五日　初版発行

発行者——角川歴彦

発行所——株式会社角川書店

東京都千代田区富士見二—十三—三

電話　編集部(〇三)三二三八—八五五五

　　　営業部(〇三)三二三八—八五二一

〒一〇二—八一七七

振替〇〇一三〇—九—一九五二〇八

印刷所——暁印刷　製本所——コオトブックライン

装幀者——杉浦康平

か 8-12

ISBN4-04-148032-9　C0193

角川文庫発刊に際して

角　川　源　義

第二次世界大戦の敗北は、軍事力の敗北であった以上に、私たちの若い文化力の敗退であった。私たちの文化が戦争に対して如何に無力であり、単なるあだ花に過ぎなかったかを、私たちは身を以て体験し痛感した。西洋近代文化の摂取にとって、明治以後八十年の歳月は決して短かすぎたとは言えない。にもかかわらず、近代文化の伝統を確立し、自由な批判と柔軟な良識に富む文化層として自らを形成することに私たちは失敗して来た。そしてこれは、各層への文化の普及滲透を任務とする出版人の責任でもあった。

一九四五年以来、私たちは再び振出しに戻り、第一歩から踏み出すことを余儀なくされた。これは大きな不幸ではあるが、反面、これまでの混沌・未熟・歪曲の中にあった我が国の文化に秩序と確たる基礎を齎らすためには絶好の機会でもある。角川書店は、このような祖国の文化的危機にあたり、微力をも顧みず再建の礎石たるべき抱負と決意とをもって出発したが、ここに創立以来の念願を果すべく角川文庫を発刊する。これまで刊行されたあらゆる全集叢書文庫類の長所と短所とを検討し、古今東西の不朽の典籍を、良心的編集のもとに、廉価に、そして書架にふさわしい美本として、多くのひとびとに提供しようとする。しかし私たちは徒らに百科全書的な知識のジレッタントを作ることを目的とせず、あくまで祖国の文化に秩序と再建への道を示し、この文庫を角川書店の栄ある事業として、今後永久に継続発展せしめ、学芸と教養との殿堂として大成せんことを期したい。多くの読書子の愛情ある忠言と支持とによって、この希望と抱負とを完遂せしめられんことを願う。

一九四九年五月三日

角川文庫ベストセラー

パイナップルの彼方　山本文緒

コネで入った信用金庫で居心地のいい生活を送っていた鈴木深文の身辺が静かに波立ち始めた！日常のあやうさを描いた、いとしいOL物語。

ブルーもしくはブルー　山本文緒

派手な蒼子A、地味な蒼子B、ある日二人は入れ替わった！　誰もが夢見る〈もうひとつの人生〉の苦悩と喜びを描いた切ないファンタジー。

きっと君は泣く　山本文緒

桐島椿、二十三歳。美貌の彼女の周りで次々に起こる出来事はやがて心の歯車を狂わせて…。悩める人間関係を鋭く描き出したラヴ・ストーリー。

ブラック・ティー　山本文緒

誰だって善良でなく賢くもないが、懸命に生きている――ひとのいじらしさ、可愛らしさを描いた心洗われる物語の贈り物。

絶対泣かない　山本文緒

仕事に満足してますか？　人間関係、プライドにもまれ時には泣きたいこともある。自立と夢を求める女たちの心のたたかいを描いた小説集。

魚の祭　柳　美里

弟の急死をきっかけに再会した波山家のねじれた愛情をあぶりだす表題作など、家族、学校のなかに青春の畏れと痛みを刻んだ、清新な第一作品集。

フィジーの小人　村上　龍

南海の小島で観光客相手に芸を見せるワヌーバが、果てしない快楽を求めて旅立つとき――。異色のスピリチュアル・アドベンチャー。

角川文庫ベストセラー

原宿日記　林　真理子

一九九〇年六月の結婚から始まる作家の日記。原稿執筆に講演、趣味の日本舞踊やオペラ、毎日のお献立など、超多忙だが楽しくも刺激的な日々。

贅沢な失恋　林真理子、北方謙三、藤堂志津子、村上龍、森瑤子、山川健一、村松友視

別れの予感をはらみながらテーブル越しに見つめあう二人……。当代一流の恋愛小説の名手による別れの晩餐。最高に贅沢な短篇集。

ワンス・ア・イヤー　私はいかに傷つき、いかに戦ったか　林　真理子

あの日、あの恋、あの男。就職浪人の女子がベストセラー作家になるまでの、苦難と恍惚の道のりを鮮烈に描いた自伝的傑作長編小説。

ピンクのチョコレート　林　真理子

贅沢と快楽を教えてくれた男が事業に失敗、最後の〝愛情〟で新しいパトロンに引継ぎを頼むが。自分で道を選べない女の切ない哀しみ。(山本文緒)

時々、風と話す　著・原田宗典　絵・沢田としき

バイクと彼女とともに過した柔らかい思い出……遠く、甘くて、鼻の奥へツンとくるような誰もが通過したあの日々を瑞々しいタッチで綴る小説集。

黄色いドゥカと彼女の手　著・原田宗典　絵・沢田としき

子供から大人へ——。一瞬のような永遠のような、夢か現実かも分からない記憶の片隅に取り残された出来事をすがすがしいタッチで綴る掌編小説集。

東京困惑日記　原　田　宗　典

〝困惑の帝王〟こと原田宗典が、日本全国津々浦々、過去から現在に至るまで困りはてたとほほ的状況を全て公開！　爆笑まちがいナシのお得な一冊。

角川文庫ベストセラー